Bärensommer

Theresa Hay

Bärensommer

Bärige Geschichten aus Alaska

Inhalt

Ich danke meinem Mann Gerd dafür, dass ich gemeinsam mit ihm diese wunderschönen Abenteuerreisen zu den Bären unternehmen kann. Meiner Tochter Sandra möchte ich dafür danken, dass sie mir immer wieder Mut gemacht hat, die Bärengeschichten zu veröffentlichen.

Seit über 10 Jahren halten sich Theresa und Gerhard W. Hay in den Sommermonaten in Alaska auf, um Braun- und Schwarzbären zu beobachten, zu fotografieren und zu filmen.

Bevorzugte Bärengebiete sind der Südosten Alaskas mit den arktischen Regenwäldern, der Südwesten Alaskas, der Beginn der Aleutenkette, das "Tal der 10000 Rauchsäulen" mit seiner fremdartigen Mondlandschaft, der weltberühmte Katmai Nationalpark, sowie die Insel Kodiak.

Begonnen hat die Liebe zum Bären, dem "Ursus arctos horribilis", während einer Rundreise durch Alaska, die auch einen eintägigen Besuch in einem Bärengebiet beinhaltete.

In "Bärensommer" beschreibt Theresa Hay ihre Reisen und die Erlebnisse mit den Bären "Diver", "Fisherman", "Lippi" und vielen anderen Artgenossen.

Wundervolle Geschichten, die zum Lesen einladen und uns die pelzigen Gesellen mehr als sympathisch machen.

Beginn einer bärigen Leidenschaft

Es war ein verregneter Junitag, der Himmel war mit dunklen Wolken grau verhangen und von Bären keine Spur zu sehen. Unsere kleine Reisegruppe war enttäuscht, stand doch "Bärenbeobachten" als Highlight auf dem Reiseplan.

Wir kletterten bereits wieder in das Wasserflugzeug, um zum nächsten Reiseziel zu fliegen. Da machte uns der Pilot plötzlich auf einen im flachen Wasser herannahenden Bären aufmerksam. Wir waren furchtbar aufgeregt und versuchten angestrengt, den Bären durch den Regenschleier zu sehen. Zunächst war er nur schemenhaft auszumachen, dann kam er immer näher und wir erkannten einen recht stattlichen Gesellen.

Schnorchelnd suchte er den Fluss nach frischen Lachsen ab. Hin und wieder hob er den Kopf, sah nach rechts und links, um sich dann wieder seiner "Angelleidenschaft" zu widmen. Plötzlich ging ein heftiges Zittern durch seinen Körper und als er den Kopf aus dem klaren Wasser hob, hatte er einen silbrig schimmernden Lachs in seinem Maul. Er setzte sich auf seine Hinterbacken - das Wasser reichte ihm jetzt bis zur Brust - und legte den Fisch auf seinen linken Vorderlauf. Mit der rechten Pranke hielt er seine Beute fest, um sie dann langsam und mit großem Appetit zu verzehren. Wir konnten sein genüßliches Schmatzen in der Stille deutlich hören. Nichts blieb von dem Leckerbissen übrig.

Bär mit Lachs

Dann entdeckte er unsere kleine Gruppe, stellte sich auf seine beiden Hinterpranken und schnüffelte in unsere Richtung. Sein Fell war nass und Wasser triefte von seinem Körper. Wir waren fasziniert von diesem Bild und wagten kaum zu atmen. Lediglich einige Kameraklicks waren zu hören. Nach einer Weile fiel der Bär wieder zurück auf seine vier Füsse und fischte mit unerschütterlicher Ruhe weiter. Wir nahmen unsere Sitze in dem kleinen Flieger ein und tuckerten zunächst langsam zur Mitte des Sees, um dann mit voller Motorleistung und lautem Getöse immer schneller über die Wasseroberfläche zu rasen. Kurz darauf erhob sich unser Flieger und wie von unsichtbarer Kraft getragen zogen wir noch eine Runde über den See. Der große Braunbär war zwar noch schwach zu erkennen, die dichten Wolkenschleier machten es aber nicht mehr möglich, dieses friedvolle Bild noch lange zu genießen.

Dieses Erlebnis war für uns der Beginn einer Leidenschaft, die bis heute anhält. Bären in ihren natürlichen Lebensräumen zu beobachten, zu studieren, zu fotografieren und zu filmen ist seit dieser Begegnung mehr als nur ein Hobby.

Wir besuchen in der Regel in den Monaten Juni, Juli, August bzw. September die Bären in Alaska. Im Südwesten Alaskas beginnen Ende Juni die Lachse, vornehmlich Blaurückenlachse, vom Meer in die Flüsse zu ziehen und die Bären kommen dann aus den Wäldern, um bei diesem reichhaltigen Nahrungsangebot fette Beute zu machen. Auch Weißkopfseeadler sitzen jetzt in den Bäumen am Fluss und warten darauf, einen Fisch zu ergattern. König und Herrscher an den Flüssen ist aber der Braunbär, der sich seine Mahlzeit von niemandem streitig machen läßt. Der

Fluss ist zu manchen Zeiten regelrecht gefüllt mit Fischen; die Lachse stehen oft dicht gedrängt vor Stromschnellen und sonstigen Hindernissen und für die Bären ist es leicht, sich ein fettes Exemplar auszusuchen und zu fangen. Obwohl kein Bär dort zu kurz kommt, gibt es trotz dieser Nahrungsfülle immer wieder Streitereien zwischen den ansonsten als Einzelgänger umherziehenden Bären. Mit Knurren, lautem Brummen, heftigen Tatzenschlägen und unter Umständen auch kräftigen Bissen verteidigt jeder Bär seine Beute und vor allem seinen Fangplatz.

Ende Juli ist die Schlemmerzeit vorbei, die Lachsströme werden seltener, um im August schließlich ganz zu versiegen. Im September gibt es noch einmal eine kurze Zeit, in der eine andere Art von Lachsen vom Meer die Flüsse hinaufzieht. Dann kommen die Bären wieder zusammen, um sich die letzten Fettpolster anzufressen. bevor sie sich im Oktober in den Berghängen eine Höhle graben, in der sie ihre mehrmonatige Winterruhe verbringen.

Im Südosten Alaskas suchen normalerweise im August einige Lachsarten ihren Weg zu ihrer Geburtsstätte, so dass sich auch hier die Bären an den Flussläufen versammeln, um sich ihre Speckschicht für den kalten Alaskawinter anzufressen. Dann kann es sogar vorkommen, dass sich Braun- und Schwarzbären ein Gebiet teilen und nur wenige 100 m voneinander getrennt aus dem gleichen Fluss ihre Nahrung fangen.

In der Nähe dieser Küstenregionen gibt es arktische Regenwälder in Tälern, die von riesigen Gletschern begrenzt werden. Diese Waldregionen zu durchwandern hat einen besonderen Reiz. Meterhohe Farne, dicht mit Moos bewachsene Bäume, zwischen denen auch mannshohe Beerensträucher wachsen, machen es dem Besucher besonders schwer, hier Bären auszumachen. Nur auf "Bärenpfaden" ist es möglich, im Dickicht einigermaßen voranzukommen. Ohne gute Kenntnis der Wälder, Berge und Flüsse ist es deshalb sehr zu empfehlen, in solchen unzugänglichen Waldgebieten mit einem zuverlässigen Führer (Guide) zu wandern.

Diese versteckten Bärengebiete sind nur mit einem Wasserflugzeug oder mit einem Boot beziehungsweise Kajak zu erreichen. Es erfordert schon einige organisatorische "Vorarbeit", bis man endlich in die abgelegenen Gebiete zu den Bären vordringen kann. Auch ein "Permit", eine besondere Erlaubnis der Forstbehörde, ist für einige Gebiete rechtzeitig vor einem Besuch einzuholen.

Theresa und Gerd Hay

Ankunft

Es ist kurz vor 5.00 Uhr am Morgen. Mein Mann Gerd und ich stehen am Ufer des größten Wasserflughafens der Welt in Anchorage/Alaska und warten auf das Wasserflugzeug, das uns ins Bärenland bringen soll. Es ist still, im Osten färbt sich der Himmel bereits rötlich, die Sonne wird bald aufgehen. Der See liegt glatt wie ein Spiegel vor uns. Nebelfetzen steigen empor und verhindern teilweise die Sicht zum anderen Ufer. Nach tagelangem Regen ist die Luft noch feucht und obwohl es Anfang Juli ist, sind wir froh, dass wir die gefütterten, wärmenden Regenjacken angezogen haben.

Unvermittelt hören wir ein leises Summen – das wird unser Flieger sein! Das Motorengeräusch wird deutlicher und schon durchbricht ein Wasserflugzeug die Nebelschleier und beginnt den Landeanflug. Fast lautlos setzt das Flugzeug auf der glatten Wasseroberfläche auf und schiebt sich langsam und gemächlich auf das Ufer zu. Währenddessen geht bereits die Tür auf und es erscheint John, unser Pilot, der mit seinen 50 Jahren nur wenig älter als das Flugzeug zu sein scheint. Wir lernten John am Tag zuvor kennen, als er mit Gummistiefeln, die bis an die Hüften reichten, diverse kleinere Reparaturen an dem Flugzeug vornahm. Er gab uns einige Verhaltensregeln für das Bärenland mit auf den Weg und freute sich offensichtlich auf den Trip in die Wildnis. Heute Morgen ist er jedoch sehr wortkarg. Er grüßt mit einem knappen "Hallo", nimmt unsere vollbepackten Rucksäcke, verstaut sie unter einem Fangnetz im hinteren Teil des Flugzeuges und gibt uns dann zu verstehen, dass wir einsteigen sollen. Mit einem Schritt durch das flache Wasser auf die Schwimmer erreichen wir eine dreisprossige Leiter, über die der Einstieg ins Innere des kleinen Fliegers möglich ist. Gerd setzt sich auf den Sitz direkt hinter John und ich darf auf der gegenüberliegenden Seite Platz nehmen. Der Motor heult laut auf und zerschneidet die Stille des frühen Morgens. Wir holen Ohrenstöpsel aus den Taschen und stecken sie in die Ohren.

Dann geht alles ganz schnell. John lenkt das Wasserflugzeug in die Mitte des Sees, gibt mit dem Gashebel noch einen gewaltigen Schub und das kleine Flugzeug schießt über die spiegelglatte Oberfläche. Weiße Gischt spritzt bis zu den winzigen Fenstern und kurz darauf hebt das Flugzeug ab, nimmt noch eine Rechtsdrehung und fliegt in südlicher Richtung davon. Zwei Stunden soll unser Flug dauern und nachdem wir unsere Reisehöhe von 1200 m erreichen, verschwindet die grüne Landschaft unter einer dünnen Wolkendecke. Das monotone Geräusch des Motors macht Gerd und mich schläfrig und nach kurzer Zeit nicken wir beide ein.

Unregelmäßiges Motorgeräusch lässt uns fast gleichzeitig wieder wach werden. Nach einem Blick aus dem Fenster bemerken wir, dass sich der Flieger allmählich dem Boden nähert. Vor uns entdecken wir bereits den großen See Naknek, der sich wie ein blau-grün schimmerndes Tuch zwischen die dunkelgrünen Hügel gelegt hat. Immer tiefer fliegt John mit der Maschine und ich kann schon Einzelheiten, wie kleine Büsche und einige Bärenpfade, gut erkennen. Plötzlich sehe ich zwei kleine braune Wollknäuel im seichten Wasser der Flussmündung – und mir wird klar, dass dies zwei miteinander raufende Bärenkinder sein müssen. Völlig unbeeindruckt von dem Lärm des Fliegers geben sie sich ihren spielerischen Kämpfen hin.

Am Ufer des Sees, zur Hälfte auf den kleinen Sandstrand geschoben, kann ich drei weitere Wasserflieger erkennen, also sind wir trotz der frühen Stunde nicht die ersten Besucher. Am meisten überrascht mich jedoch, als ich in der Nähe eines Fliegers einen Bären entdecke, der aufrecht auf seinen zwei Hinterbeinen steht und sich die Ankunft unserer Maschine ansieht.

Bär stehend an Flugzeugen

"Und noch mehr Besucher!" scheint er zu denken.
Er fällt zurück auf alle Viere, dreht den massigen
Kopf noch einmal zu uns und verschwindet dann
in der Deckung des dichten Waldes, der sich an
den flachen Strand anschließt. Knirschend schiebt
sich unser Flieger auf den Sandstrand und schon
ist John draußen, öffnet auf dem Schwimmer stehend unsere Tür von außen, nimmt die Rucksäcke
und springt mit einem großen Satz auf das san-
dige Ufer. Nun, sollen wir etwa auch folgen? Wo
doch gerade eben noch ein Bär auf dem Fleck
stand, auf den John unsere Rucksäcke hinlegt!
Unschlüssig warten wir ab. Was wäre, wenn der
Bär zurückkommt? John versteht schnell unsere

ängstlichen Blicke und er versichert uns, dass wir ohne Gefahr das Flugzeug verlassen können.

Wir sind angekommen! John verabschiedet sich von uns mit einem "Good luck" und wir nehmen unsere beiden Rucksäcke, machen die Kameras bereit und gehen mit ein wenig Herzklopfen in dieselbe Richtung, die auch der Bär genommen hat.

Benimmregeln im Bärenland

Der erste Weg führt uns zur Rangerstation, die in einer kleinen Blockhütte am See, versteckt zwischen Bäumen, untergebracht ist. Hier werden wir nochmals belehrt, dass es einige wichtige Regeln zu beachten gibt, wenn man sich im Bärenland unbehelligt aufhalten will:

Wichtigste Regel überhaupt: Lärm machen! Denn die Bären schätzen es nicht, in ihrer eigenen Umgebung von fremden Besuchern überrascht zu werden!

Regel zwei: Falls ein Bär in der Nähe ist, immer darauf achten, dass mindestens 50 m Abstand zwischen Bär und Mensch sind – bei Bärenmüttern mit Bärenjungen müssen mindestens 100 m Abstand eingehalten werden.

Dass man im Bärenland nicht herumrennt, ist die Regel Nummer drei. Der Bär könnte den Zweibeiner mit einer fliehenden Beute verwechseln und versuchen, den Menschen zu erwischen. Und bestimmt würde er ihn erwischen, denn Bären können sehr schnell rennen, etwa so schnell wie ein Rennpferd. Wenn der Mensch einem Bären auf einem Pfad begegnet, so hat der Mensch Platz zu machen, sich in den Wald zurückzuziehen und dem Bären den Pfad zu überlassen. Denn: Der

Mensch befindet sich im Bärenland! Und auf einen Machtkampf mit einem Bären sollte man es nicht ankommen lassen.

Nie und nimmer dürfen Bären gefüttert werden! Denn Bären haben ein gutes Gedächtnis und beim nächsten Zusammentreffen mit einem Menschen könnten sie sich erinnern, dass es vom Menschen ja gutes Futter gibt. Dann könnte es Probleme geben, weil der Bär wahrscheinlich nicht mehr unterscheiden kann, was Futter und was Mensch ist. Für ihn ist das wahrscheinlich ohnedies alles gleich.

In Alaska gibt es eine Redensart, die nicht umsonst heißt: "A fed bear is a dead bear" ("Ein gefütterter Bär ist ein toter Bär")! Ein Bär, der zu nahe an Menschen herankommt, sie versucht zu attackieren, anzugreifen und letztendlich tötet, wird von der Forstbehörde so lange gesucht und gejagt, bis er dann schließlich erschossen wird.

Überhaupt sollte man keine Nahrungsmittel mit ins Bärenland nehmen. Für Wanderer, die in Zelten übernachten, gibt es an ausgewiesenen Stellen kleine Häuschen ("food cache") auf hohen Pfählen, in denen mit Hilfe einer Leiter Lebensmittel deponiert werden können. Falls ein solches Häuschen nicht in unmittelbarer Nähe vorhanden ist, müssen die Nahrungsmittel in einen möglichst luftdicht verschlossenen Behälter gepackt und am Ast eines Baumes hoch und weit vom Baumstamm entfernt aufgehängt werden. Da Schwarzbären gute Kletterer sind und selbst vereinzelt auch Braunbären in hohen Bäumen gesichtet wurden, ist es ratsam, sich genügend Mühe beim Aufhängen zu machen, falls einem sein Essen lieb ist.

Bären haben einen außerordentlich guten Geruchsinn, deshalb dürfen auch Süßigkeiten, wie z. B. Bonbons, Kaugummi, Nüsse oder Müsliriegel nicht in die Wildnis mitgenommen werden. Sie könnten mit ihrer feinen Nase "den Braten riechen" und versuchen, an das Leckerli heranzukommen. Und schon würde sich der Mensch in einer sehr gefährlichen Situation befinden.

Nachdem wir dem Ranger Bill versprechen, all diese Regeln einzuhalten, verabschieden wir uns und gehen hinaus. Nach einem kurzen Griff in die Jackentasche entdecke ich doch tatsächlich ganz tief versteckt ein Bonbon. Schnell nehme ich es heraus und bringe es Bill, der sich das Bonbon lachend in den Mund steckt. Bestimmt kommt er so im Laufe der Zeit zu vielen Süßigkeiten, die er "vernichten" muss.

Die ersten Bären

Gerd und ich gehen langsam am Ufer des Naknek-Sees entlang und versuchen, uns an die Geräusche der Wildnis zu gewöhnen. Fremde Vogelstimmen, unbekannte Tierlaute, hier ein Knacken, dort ein Kratzen – unsere Ohren werden zu Fledermausohren. Die Sonne scheint schon intensiv, ihre Strahlen werden auf der ruhig vor uns liegenden Oberfläche des Sees reflektiert. Es sieht aus, als ob 1000 glitzernde Sterne über das Wasser tanzen.

Minutenlang genießen wir die friedvolle Stimmung, als plötzlich lautlos und wie aus dem Nichts in ca. 100 m Entfernung ein Bär im bis an das Ufer reichenden Baumgestrüpp sichtbar wird. Er beachtet uns nicht. Nach einigen Schritten in das Wasser, stellt er sich auf seine beiden Hinterbeine und mit scharfem Blick sucht er den See nach Lachsen ab. Völlig unerwartet stürzt er sich dann mit einem gewaltigen Spurt in das kühle Nass. Beide Vordertatzen weit nach vorne gestreckt verschwindet er in einer großen Wasserfontäne. Der Bär hat sich genau in die Mitte eines Lachsstromes katapultiert. In dem aufspritzenden Wasser können wir "fliegende Fische" entdecken und im nächsten Moment hat der Bär auch schon einen riesigen Lachs erwischt. Mit lautem Schnauben kommt er langsam und behäbig wieder aus dem

See und verschwindet mit seinem noch zappelnden Fang lautlos im Unterholz.

Gebannt beobachten wir die Szene; für einige Minuten sind wir unfähig, unseren Weg fortzusetzen.

Da anzunehmen ist, dass der Bär seine Beute unmittelbar im Unterholz verspeist, denken wir uns, dass es nicht ratsam ist, am Ufer des Sees weiterzugehen. Wir wollen den Bären auf keinen Fall beim Fressen stören. Allerdings haben wir auch keine Lust umzukehren, denn wir sind ja hier, um Bären zu sehen und zu beobachten. Also verlassen wir den Strand und nehmen den Pfad durch den dichten Wald, um so an den Fluss zu kommen.

Wanderer im Bärenland müssen Lärm machen, um dem Bären den herannahenden Menschen zu signalisieren. Sehr dienlich ist zu diesem Zweck eine mit wenigen Steinen gefüllte Blechdose oder so genannte "Bärenschellen" ("bear bells"). Das sind kleine Glöckchen, die an einem Band aufgereiht sind. Man kann dieses Band um den Fußknöchel binden, am Handgelenk oder am Rucksack befestigen. Bei jedem Schritt ertönt ein Klingeln und der Bär wird so auf den Menschen aufmerksam gemacht und hat die Chance, sich in Ruhe zurückzuziehen.

Da wir allerdings weder Bärenschellen noch eine Blechdose dabei haben, klatschen wir jetzt in die Hände, unterhalten uns laut und rufen ab und zu "Hey, Bär, hey Bär" in der Hoffnung, der Bär hört uns und weiß, dass wir nichts Böses von ihm wollen.

An der Flussmündung

Unbehelligt haben wir endlich den Wald hinter uns gelassen und die Mündung des Flusses mit seinem kristallklaren Wasser liegt vor uns. Der kleine nur ca. zwei km lange Brooks River fließt hier in den Naknek See. Die Flussmündung ist ca. 100 m breit und das Wasser ist flach. Insgesamt fünf Braunbären können wir sofort ausmachen. Zwei Halbwüchsige, die im Wasser miteinander spielerisch kämpfen und raufen, hatten wir ja bereits aus dem Flugzeug kurz sehen können. Am anderen Ufer erkennen wir eine Bärenmutter mit zwei Jungen!

Die beiden Halbwüchsigen sind immer noch so in ihr Spiel vertieft, dass wir für sie völlig uninteressant sind. Sie geben sich gegenseitig Ohrfeigen, raufen, ziehen sich immer tiefer ins Wasser, versuchen sich zu befreien und klettern wieder ans Ufer. Die Welt um sie scheint vergessen und an ein Aufhören denken sie wohl noch lange nicht.

Spielende Bären im Wasser

Die Bärenmutter sitzt auf einer kleinen Sandbank und ihre beiden kleinen ca. sechs Monate alten Jungen vertreiben sich ebenfalls die Zeit mit Spielen. Fangen und Elsternjagen stehen bei ihnen an erster Stelle. Eines der Bärchen ist ganz entzückt, als es sein Spiegelbild im Wasser entdeckt! Es wirft den Kopf hin und her und will den vermeintlich neuen Spielgefährten ebenfalls zum Fangen auffordern. Als alles Locken nichts hilft, muss der leibhaftige Bruder wieder herhalten und die Elstern haben nichts zu "Lachen". Nach einer kleinen

Weile haben sie genug vom Spielen und schmiegen sich müde an die Bärenmutter, die beide zärtlich liebkost. Es ist ein Bild des absoluten Friedens. Selbst die Elstern haben sich beruhigt und sitzen jetzt arglos im flachen Gebüsch. Immer wieder kuscheln sich die beiden Bärenjungen gemeinsam an die Bärin und letztendlich gibt sie dem Betteln der Jungen nach und säugt beide. Am Fell der beiden Bärenjungen ist deutlich der weiße Kragen erkennbar, der darauf hinweist, dass es sich noch um sehr junge Bären handelt. Sie sind im Januar oder Februar geboren und ihre Fellfarbe ist noch relativ dunkel. Bereits im nächsten Jahr wird das Fell hellbraun sein und erst im späteren Bärenalter färbt sich der Pelz wieder dunkel.

Wir sind so sehr fasziniert von dem friedlichen Bild, dass wir nicht bemerken, wie sich uns ein Bär von rechts nähert. Als wir auf ihn aufmerksam werden, kommt er wie ein behäbiger Brummbär im Schlendergang auf uns zu. Ich schätze ihn auf ca. 6 Jahre und irgendwie sieht er sehr entschlossen aus. Er wiegt seinen Kopf immer wieder leicht nach rechts und links – in welcher Stimmung er ist und was er will, können wir nicht sofort erkennen. Wir gehen ganz langsam und ohne uns umzudrehen, rückwärts auf dem unebenen Pfad zurück. Ich habe Angst, über eine hervorstehende Wurzel oder einen Stein zu stolpern und hinzufallen und halte mich mit einer Hand krampfhaft an Gerds Arm fest. Immer näher kommt der Bär, zögert nicht einen Augenblick, obwohl er uns sicher bemerkt hat. Plötzlich richtet er seinen mächtigen Kopf auf und sieht uns mit seinen funkelnden Augen an. Seine mit dichtem, hellem Fell bewachsenen Ohren richten sich leicht nach hinten. Mir läuft es eiskalt den Rücken herunter und ich denke, meine letzte Stunde ist nun gekommen. Dann beginnt er mit einer unerwarteten Geschwindigkeit auf uns zuzurennen! Mir bleibt das Herz fast stehen und meine Beine drohen ihren Dienst zu versagen. Ich habe das Gefühl, in mir selbst zusammenzusacken. Im ersten Impuls habe ich nur einen Gedanken im Kopf: "Flucht - Wegrennen!" Gerd spürt, was ich vorhabe, schreit, "Halt, nicht rennen" und packt mich mit fester Hand am Kragen, um mich festzuhalten. Der Bär kommt näher, ich höre schon sein Schnauben und sein "Uuufff" und meine Beine scheinen nicht mehr vorhanden, ich bin wie gelähmt, jegliches Lebensgefühl ist aus mir verschwunden.

In diesem Moment, ca. vier Meter vor uns, schlägt der angreifende Bär einen Haken in den Wald, kommt unmittelbar hinter uns wieder auf den Pfad und als wir uns erstaunt umdrehen, sehen wir einen weiteren Bären, der - von uns völlig unbemerkt - hinter unserem Rücken auf den ersten Bären gewartet hat. Beiden Bären stürzen nun aufeinander zu und liefern sich lautstark einen heftigen Kampf. Sie umschlingen sich, ringen miteinander, beißen, schlagen und brüllen. Unfähig nur einen Schritt zu tun, mit zitternden Beinen und kalkweiß im Gesicht verfolgen wir dieses Schauspiel in unmittelbarer Nähe. Nach einigen Sekunden, die mir wie eine Ewigkeit vorkommen, ist der Spuk vorbei und Bär Nummer eins zieht sich ganz langsam mit gesenktem Kopf rückwärts gehend in das dichte Unterholz zurück. Bär Nummer zwei geht sichtlich zufrieden und mit hoch erhobenem Kopf in die entgegengesetzte Richtung. Er zieht als Sieger davon – um was es bei diesem Kampf ging, können wir nicht herausfinden, aber wir sind glücklich, dass nicht wir die Opfer waren.

Kämpfende Bären auf dem Weg

Mit dem Einsetzen der Schneeschmelze, etwa im März/April, beenden die Bären ihre vier- bis fünfmonatige Winterruhe, die in der Regel im Oktober/November beginnt. Wenn sie sich im Spätsommer eine ordentliche Speckschicht mit bis zu 20000 Kalorien pro Tag angefressen haben und die Temperaturen langsam sinken, suchen sie sich eine Bleibe, in der sie den kalten Winter überstehen können. In Felshöhlen oder in hohlen Baumstämmen finden sie ihr Winterquartier. Oft graben sie sich auch in der dem Wetter abgewandten Seite von Berghängen eine Höhle in die Erde, die sie mit trockenem Moos, Farnen, Zweigen, Blättern und Gras auspolstern. In der Regel dauert der Bau des Winterquartiers drei bis sieben Tage. Der Bärenschlaf ist nicht so tief, wie z. B. bei Fledermäusen, Murmeltieren oder anderen Nagern. Allerdings sinkt ihre Körpertemperatur ab, ihr Puls verlangsamt sich und infolge des zuvor angefressenen Fettvorrates können sie mehrere Monate ohne Nahrung auskommen. Bären geben in dieser Zeit weder Harn noch Kot ab. Sie können während ihrer Winterruhe leicht aufwachen und Störenfriede oder gar Eindringlinge angreifen.

Dies ist auch die Zeit, in der die weiblichen Tiere ihre Jungen bekommen. In der Regel sind es zwei, es können aber auch bis zu vier sein. Die kleinen Bärchen sind erstaunlich winzig, blind, nackt und hilflos. Sie sind ca. 20 cm groß und wiegen wenig mehr als ein Pfund bei der Geburt; Bärenmütter sind demnach ca. 500-mal schwerer als ihre Neugeborenen. - Zum Vergleich: Bei anderen Säugetieren, auch dem Menschen, sind Mütter nur 15 – 20-mal schwerer als ihr Nachwuchs. - Unmittelbar nach der Geburt werden die Winzlinge von der Bärin "in Form geleckt", wie es von Indianern manchmal behauptet wird. Danach fällt die Bärin wieder in einen Halbschlaf und die Bärenbabys beginnen unmittelbar ihre Zitzen zu bearbeiten, um die nahrhafte, fette Milch zu trinken. Um die kleinen Bärchen besonders warm zu halten, schiebt die Bärenmutter sie im Schlaf unter ihre Achselhöhlen.

Die kleinen Bären werden in der kurzen Zeit der Winterruhe schnell groß genug, um nach der Schneeschmelze als quicklebendige Rabauken mit der Bärin die Höhle zu verlassen. Dann wiegen sie bereits vier bis acht Kilo. Am Anfang spielen sie noch in der Nähe der Höhle unter der sorgenden Aufmerksamkeit der Bärenmutter. Immer wieder gehen sie zu ihr, schmusen, trinken und kuscheln sich dann an sie, um ein behütetes Schläfchen zu halten.

Die Bärenmutter gräbt nach essbaren Wurzeln und Pflanzen und zehrt noch von ihren Fettreserven. Nach zwei bis drei Wochen in der Nähe der Bärenhöhle verlässt die kleine Familie den sicheren Ort, um kräftigende, eiweißreiche Nahrung zu suchen. Zunächst steht allerdings noch vegetarische Kost auf dem Speiseplan, doch einer guten Fischmahlzeit ist die Bärin nicht abgeneigt.

Sobald die Lachsströme vom Meer in die Flüsse ziehen, ist nicht nur die Bärenfamilie an Ort und Stelle. Auch viele andere Bären treffen sich jetzt an den Flüssen, um sich das reichhaltige Angebot an Lachsen nicht entgehen zu lassen.

Dies ist die Zeit der Bärenkämpfe. Die besten Fangplätze müssen gefunden und gegenüber Konkurrenten verteidigt werden. Auch die Bären, die das erste Jahr von der Mutter getrennt sind, müssen ihren Platz in der Bärengemeinschaft finden. Diesen jungen Bären will oft das Fangen der Fische noch nicht so recht gelingen und sie scheinen manchmal auch noch unter der Trennung von Mutter und Geschwistern zu leiden. Deshalb sieht man hin und wieder ca. vierjährige Bären, die miteinander spielen, raufen und auch schmusen und kuscheln. Das sind meist Geschwisterbären, die mit dem Alleinsein noch nicht zurechtkommen und den familiären Kontakt suchen. Aber spätestens nach einem weiteren Jahr sind auch sie Einzelgänger.

Zwei solche "Halbstarke" haben uns also auf dem Pfad durch den kleinen Wald einen riesigen

Schrecken eingejagt. Auch diese kleineren Bären stellen für den Menschen eine Gefahr dar, denn in ihrem Spieltrieb könnten sie ja auch einmal einen Menschen zu ihrem Zeitvertreib auffordern. Und ich glaube nicht, dass ein Mensch die bärigen Zärtlichkeiten und Streicheleinheiten ohne Blessuren überstehen würde!

Wir sind froh, die Situation gut überstanden zu haben und machen uns auf den Weg in Richtung Camp.

Eine Nacht mit Störungen

Nachdem wir in der rustikalen Lodge mit dem großen offenen Kamin eine kräftige Mahlzeit zu uns genommen haben, gehen wir zu unserer Blockhütte, die auf einem kleinen Hügel steht. Von hier haben wir einen guten Blick über das vor uns liegende Sumpfland und zu dem ruhig dahinfließenden Wasserlauf. Jetzt, Anfang Juli, ist das hohe Sumpfgras hellgrün und wiegt sich leicht im lauen Abendwind. Es sieht aus wie ein grünlich schimmerndes Meer mit leichter Dünung. Immer wieder durchstreifen einzelne Bären das Gelände. Oft sind sie nur schwer zu erspähen, manchmal ragen nur die kleinen, braunen bis hellbraunen Ohren aus dem dichten Gras. Da es in den nördlichen Breiten im Sommer kaum dunkel wird, sitzen wir bis spät am Abend auf einem umgefallen Baumstamm, um das bärige Treiben vor uns zu beobachten. Ab und zu können wir sogar einen Bären beim Schnorcheln im Fluss beobachten. Bären scheinen nicht müde zu werden, nach allerlei Nahrhaftem zu suchen. Doch letztendlich überfällt uns die Müdigkeit und wir ziehen uns in unsere sichere Blockhütte zurück.

Mitten in der Nacht weckt uns ein kratzendes Geräusch auf. Erschreckt denken wir sofort, dass sich da wohl ein Bär an unserer Hütte zu schaffen macht, zumal wir noch am Abend deutliche Bärenkratzspuren, gleich unterhalb des Fensters, entdeckt haben. Atemlos lauschen wir. Plötzlich fängt Gerd an zu lachen. "Das sind doch Eichhörnchen", sagt er. Ich atme auf: Das ist noch einmal gut gegangen. Tatsächlich, die kratzenden Geräusche kommen weder von dem Fenster noch von der Tür, sondern vom Dach, auf dem sich wohl eine Horde wildgewordener Baumbewohner tummelt. Mit einem kräftigen Schlag gegen die Decke vertreiben wir die Störenfriede. Nachdem wir sicherheitshalber und ganz vorsichtig einen Blick durch das Fenster und die halb geöffnete Tür riskieren und keinen Bären entdecken können, verkriechen wir uns wieder in unseren Betten, um den wohl verdienten Schlaf weiter zu genießen.

Braunbären sind extreme Individualisten, die voller Überraschungen stecken. Sie sind außergewöhnlich neugierig und als Allesfresser (Omnivoren) ist nichts vor ihnen sicher. Trotzdem kann man sagen, dass sie dem Menschen im Allgemeinen aus dem Weg gehen. Sie haben keine natürlichen Feinde. Braunbären können bis zu 40 kg täglich fressen, sind schwer einschätzbar, unberechenbar und können Geschwindigkeiten bis zu 60 km/h erreichen. Sie haben einen hervorragenden Geruchssinn, ein ausgezeichnetes Gehör, aber sie sehen relativ schlecht.

Ein altes Indianer-Sprichwort sagt:

„Wenn ein Blatt vom Baum fällt,
dann hat es der Adler fallen sehen,
der Kojote fallen gehört und
der Bär fallen gerochen".

Innerhalb der Braunbärengruppe gibt es die Grizzlybären, die im Landesinnern, wie z. B. Denali Nationalpark, Brooks Range, arktische Tundra, zu finden sind. Der Name "Grizzly" stammt aus dem Indianischen und bedeutet "grau", was auf den gräulich schimmernden Rückenstreifen des Bären hinweist. Von weitem sehen sie aus, als sei ihr Fell ergraut. Grizzlys ernähren sich wenig eiweißreich, sondern in erster Linie von saftigen Beeren, Wurzeln, verschiedenen jungen Trieben und Blättern und Insekten. Allerdings fressen sie manchmal auch kleine Nagetiere, wie Mäuse, Erdhörnchen und Lemminge. Wie die meisten Raubtiere fressen sie natürlich auch Aas. Gerne reißen die Grizzlys mit ihren ca. acht Zentimeter langen scharfen Krallen auch die Rinde von Baumstämmen auf, um an die weichen, süßen und nahrhaften Schichten darunter zu gelangen. Wie fast alle Bären benötigt auch der Grizzly ein riesiges Gebiet von 20 bis 30 qkm, das er auf der Suche nach Nahrung unablässig durchstreift. Die meiste Zeit seines wachen Daseins verbringt der Bär mit Nahrungssuche und Fressen.

Anders als an der Küste fällt im Landesinneren von Alaska im Winter das Thermometer oft unter minus 50°C; der Winter beginnt früher als am Meer, etwa Mitte September / Anfang Oktober und endet spät, etwa im April / Mai. Während dieser kalten Zeit halten die Bären des Landesinneren ihre Winterruhe.

Braunbären, die an den südlichen Küsten Alaskas leben, werden unter anderem Küstenbären genannt; auch die Kodiakbären gehören in diese Kategorie. Hier im Süden Alaskas, am Golf von Alaska und auf den vorgelagerten Inseln, ist das Klima deutlich milder, der Sommer - und somit die Zeit zur Nahrungsaufnahme - ist länger. Auf dem Speiseplan der Bären steht in erster Linie eiweiß-reiche Nahrung. Lachse und Muscheln sind die bevorzugten Leckerbissen. Aber auch Vogel- und Enteneier zählen zu ihren Lieblingsspeisen und zwischendurch graben sie auch mal gerne nach schmackhaften Wurzeln oder Ameisennestern. Die Küstenbären werden infolge der eiweißreiche-ren Nahrung größer und stärker als ihre Vettern im Landesinneren. Über 800 kg kann ein Bärenmann wiegen und stehend eine Höhe von über drei Meter erreichen. In einem großen Kaufhaus in Anchorage steht der größte Bär, der je geschos-sen wurde, ausgestopft in einem Glaskasten. Seine Maße: 864 kg, 3,30 m Höhe stehend. Der Bär war 15 Jahre alt und wurde auf Kodiak Island erlegt.

Ein neuer Tag im Bärenland

Trotz der nächtlichen Störungen sind wir am nächsten Morgen kurz vor 5.00 Uhr wach. Nach einer Katzenwäsche ziehen wir die dicken Jacken über den Pyjama und feste Schuhe an die Füsse. Langsam, ganz langsam öffne ich die Tür und stecke den Kopf durch einen kleinen Spalt. Kein Bär in Sicht? Nein! Vorsichtig und mit äußerster Aufmerksamkeit begeben wir uns aus unserer Hütte und durch ein kleines Waldstück an den Strand des Naknek-Sees. Wir wollen uns den Sonnenaufgang ansehen, der hier von unendlicher Schönheit ist. Es ist still, kein Lüftchen rührt sich, selbst die Vögel scheinen noch zu schlafen. Die Nacht hat sich schon verzogen, der Tag ist aber noch nicht da. Das Licht ist mystisch, leicht bläulich und am Horizont ist der erste rote Streifen erkennbar. Der langgestreckte Strand ist leer, einige große Steine liegen auf dem Sand. Aber was ist das? Da bewegt sich doch ein Stein? Nein, ein zusammengekauerter Bär wird durch den durchdringenden Schrei einer einzelnen Möwe aufgeschreckt und hebt träge den Kopf. Gebannt beobachten wir den Bären, der ca. 60 Meter von uns entfernt ein Schläfchen gemacht hat. Aber ungerührt und von unserer Anwesenheit nicht beeindruck, legt er seinen schweren Kopf wieder in den Sand und versucht, die Stille noch etwas zu genießen. Aber damit ist es wohl vorbei. Der schrille Schrei der

Möwe war das Signal; jetzt kommen andere Möwenschreie hinzu und langsam ansteigend, wie ein Crescendo, füllt sich die Stille mit Leben! Noch liegt der Bär ruhig in seiner kleinen Mulde. Immer wieder müssen wir ihn beobachten, um auf seine Bewegung und sein Tun reagieren zu können. Die Sonne steht jetzt schon als purpurfarbene Scheibe am östlichen Horizont und spiegelt sich in dem großen, stillen See. Himmel und See verbinden sich zu einer Einheit und zeigen sich in den Farben von hellgelb über orange bis zu fast dunkelrot - ein gewaltiges, riesiges Feuer ohne Grenzen.

Dieses farbenprächtige Naturschauspiel dauert aber nur knappe 10 Minuten. Von rechts schieben sich bereits erste dünne Nebelfetzen über den See, die Vögel zwitschern jetzt nur noch ihr allmorgendliches Palaver, das Feuer verglüht ganz langsam und der große Braunbär steht auf, reckt und streckt sich, sieht uns nach einem Furcht einflößenden Gähnen kurz an und trottet dann mit langsamen Schritten am Seeufer entlang in die entgegengesetzte Richtung. Der morgendliche Zauber ist verflogen und ein neuer Tag lockt mit seinen Entdeckungen und Abenteuern.

Im Tal der 10000 Rauchsäulen

Im Jahre 1912 gab es einen Ausbruch des Novarupta Vulkans, der das Gebiet Katmai dramatisch veränderte. Das Katmai-Gebiet liegt auf der Aleuten-Inselkette im Südwesten Alaskas. Über eine Woche erschütterten mehrere gewaltige Erdbeben die Gegend, bevor der Vulkan ausbrach. Er spuckte nicht nur heiße Winde und Gas, sondern schleuderte auch enorme Mengen von Lava und Asche über ein Terrain von ca. 65 qkm. Wunderbares, grünes Land wurde unter Asche, Lava und glühendem Gestein, welches sich bis zu 200 m hoch auftürmte, begraben. Die Luft war tagelang angefüllt mit Aschestaub. Selbst auf der viele Kilometer entfernten Insel Kodiak konnten die Menschen für mehrere Tage die Hand nicht vor den Augen sehen! Die Eruption war zehnmal stärker als die des Vulkans St. Helens, USA, im Jahre 1980. Fünfzehn weitere Vulkane sind in diesem Gebiet bekannt und es gilt auch heute noch als das größte vulkanische Zentrum der Welt. Der Vulkan Novarupta ruht seit diesem großen Ausbruch, jedoch sind immer wieder kleinere Ausbrüche zu verzeichnen und Erdbeben geringerer Stärke erinnern daran, dass es in ihm weiterhin rumort. Und trotzdem: Es kam bei dem großen Ausbruch kein Mensch zu Schaden, da dieser Landstrich entlang der Aleuten Bergkette nicht bewohnt ist. Vier Jahre nach dem Ausbruch des

Vulkans wurde unter der Leitung von Robert Griggs im Auftrag der National Geographic Society das Gebiet erstmals erforscht. Robert Griggs berichtete, dass - soweit das Auge reichte – 1000 bis 10000 Rauchsäulen über 150 m hoch aus der Erde emporstiegen, manche sogar bis zu 300 m hoch. Dies war das Ergebnis immer noch existierender Gas- und Dampfvorkommen unter der 200 m dicken Ascheschicht. Das Gas-Dampfgemisch suchte sich Wege nach außen und schoss letztendlich mit ungeheuerem Druck aus der Erde.

Schon seit langem sind keine "Rauchsäulen" mehr zu sehen, trotzdem werden auch heute noch viele Geologen, Vukanologen und Interessierte von diesem öden, kahlen und verlassenen Gebiet angezogen.

So haben wir ebenfalls beschlossen, uns "The Valley of 10000 Smokes" anzusehen. Das Tal ist ca. 35 km von Brooks Camp entfernt. Der Weg dorthin führt durch eine wundervolle Landschaft, über steile Hügel und noch steilere Abhänge und durch mehrere Flüsse. Man muss eine Wanderzeit von ungefähr 8 – 10 Stunden einrechnen. Da wir so viel Zeit für diese Exkursion nicht eingeplant haben, wählen wir den bequemen Weg. Mit einem alten amerikanischen Schulbus können Besucher und Interessierte von Brooks Camp über eine so genannte "bush road" (unausgebauter Weg) zum

Valley fahren. Es geht schon früh am Morgen los und am späten Nachmittag kehrt der Bus wieder zurück.

Danny, unser Fahrer und fünf weitere Abenteuerlustige finden sich zusammen und wir starten unsere Tour. Das Wetter meint es gut mit uns – es ist warm, aber nicht zu heiß. Die Fahrt geht über die "bush road" und auch durch mehrere Flüsse. Danny hat alle Mühe, jeweils eine gefahrlose Furt zu finden. Auf und ab führt uns dieser Weg, vorbei an weiten Landschaften und durch enge Schluchten.

Nach ca. vier Stunden sind wir am Ziel. Danny bringt unsere Verpflegung in eine kleine Schutzhütte und nach einem kurzen Hinweis darauf, dass wir auf umherwandernde Bären achten und unbedingt in 3 Stunden wieder an der Schutzhütte sein müssen, entlässt er uns.

Zunächst genießen wir einen Blick auf eine unwirkliche Gegend: Vor uns liegt ein riesiges Tal mit gelbem Boden, der mit vielen Rissen und Einbuchtungen durchzogen ist. In der Ferne sehen wir wild zerklüftete, schneebedeckte Berge mit weit in das Tal reichenden Gletschern. Rechts und links von uns breiten sich hell- bis dunkelgrüne Wälder aus. Weit entfernt entdecken wir einen Wirbelsturm, der reichlich Sand und Staub mit in die Höhe reißt. Das Valley ist bekannt für seine unvorhersehbaren Stürme, die dann mit bis zu 100 Stundenkilometern über den glatten kargen Talboden rasen und manchmal sogar in Wirbelstürme ausarten.

Wir wollen es dennoch wagen und suchen nach dem schmalen Pfad, der über zwei Kilometer hinunter führt. Dabei müssen wir ca. 150 m Höhe überwinden. Endlich finden wir den Weg und laufen bergab, vorbei an bunten Blumen, Kräutern, kleinen Beerensträuchern und vielen Blaubeerbüschen. Natürlich gibt es bei diesem reichen Nahrungsangebot auch eine Vielzahl Tiere. Besonders Bären suchen hier nach verschiedenen schmackhaften Beeren und Kräutern. Wir müssen also die nähere Umgebung genau im Auge behalten, um nicht versehentlich einem Bären zu nahe zu kommen.

Ohne Zwischenfälle und ohne einen Bären zu sehen erreichen wir den Talboden. Jetzt haben wir das Gefühl, in einer "Mondlandschaft" zu sein. Es gibt keine Vegetation mehr, nur einige kleine Bodenflechten überziehen da und dort den kargen Boden. Wir laufen noch eine Weile, bis wir an den turbulenten "Ukak" Fluss kommen, der sich tief in den Tuffstein und die mittlerweile fest gewordene Asche eingegraben hat. Wir können uns mit einigen Kletterkünsten noch etwas näher hinunter an den Fluss arbeiten. Vor uns türmt sich auf der anderen Flussseite eine von Wind und Stürmen bearbeitete Tuffsteinwand auf, die sich in einer hellen Terracottafarbe malerisch gegen den blauen Himmel abhebt. Große Bimssteine liegen am Flussufer. Wir heben sie auf und werfen sie in den Fluß, wo sie über einige Stromschnellen gleitend verschwinden. Nachdem wir einige Fotos und Filmaufnahmen gemacht haben, begeben wir uns langsam auf den Rückweg, um wieder pünktlich an der Schutzhütte zu sein. Jetzt wird der Weg etwas länger dauern, denn wir müssen bergauf wandern und dabei wieder eine Höhe von 150 m überwinden. Es ist mittlerweile so warm geworden, dass wir unsere Jacken ausziehen können und uns so ein wenig Marscherleichterung verschaffen.

Als wir uns etwas schwerer atmend durch die Beerenbüsche nach oben kämpfen, fliegen plötzlich zwei Raben rechts von uns auf. Krächzend hüpfen sie von Busch zu Busch und picken von den roten, prallen Beeren. Und dann entdecken wir in ca. 40 m Entfernung einen Braunbären. Er blickt nicht einmal zu uns, sondern widmet sich voller Intensität der Beerenernte. Sein Alter schätzen wir auf ca. 6 Jahre und er sieht recht wohlgenährt aus. Sein Fell ist glatt und schimmert in der Sonne eher hellbraun, die fast weißen Puschelohren leuchten regelrecht. Wir behalten ihn weiterhin im Auge und setzen unseren Weg ohne Hektik nach oben fort. Nach einer kleinen Weile sieht er uns an, dreht seinen Körper in eine andere Richtung und nascht weiter von den süssen Beeren. Er ist nicht im geringsten an uns interessiert! Und das ist auch gut so.

Pünktlich sind wir an der Schutzhütte, wo Danny schon unsere Lunchpakete hervorgeholt hat. Ein Glas erfrischende, hausgemachte Limonade aus einem großen Thermosbehälter schmeckt nach diesem beschwerlichen Aufstieg so köstlich, dass sie mir wie das "beste Getränk der Welt" vorkommt und nachdem wir unsere Sandwiches aufgegessen haben, geht die Reise mit dem alten Schulbus wieder zurück zum Camp am Brooks River.

Noch mehr Bären

Die Tage vergehen. Immer mehr Bären scheinen sich in dem Gebiet aufzuhalten, um die reichlich vorhandenen Lachse zu fangen und zu fressen. Es gibt so viele Lachse, dass wir an den Flussufern oft nur halb gefressene Exemplare finden. Der Feinschmeckerbär nimmt sich jetzt nur noch die besten Brocken, nämlich die Haut, wegen des hohen Fettgehaltes, und die Fischeier, wegen des hohen Proteingehaltes.

Aber die Fischreste verkommen dennoch nicht. Junge, kleinere Bären, denen das Lachsefangen noch nicht so gut gelingt, sind über die verschmähte Beute hocherfreut und die allerletzten Reste werden dann noch von Möwen, Elstern, Weißkopfseeadlern und anderen Vögeln geholt.

Mittlerweile haben sich auch einige Angler eingefunden, die von dem reichhaltigen Lachsvorkommen etwas abhaben wollen. Natürlich ist es immer wieder ein Problem, wenn ein Mensch, der gemütlich im flachen Flussbett steht und angelt, sich plötzlich einem hungrigen Bären gegenübersieht. Auch hier gibt es eine strenge Regel: Niemals mit dem Bären um den Lachs streiten! Falls ein Lachs bereits an der Angel hängt und ein Bär sich nähert, ist es besser, den Lachs von der Angel zu nehmen und ihn wieder in den Fluss zu werfen.

Dennoch kann es vorkommen, dass der Bär nicht an dem Lachs, sondern an dem Menschen interessiert ist! Dann heißt es für den Angler, sich ruhig, aber rasch zurückziehen, notfalls sogar die Angel und sonstige Angelutensilien zurücklassen und einen Schutz suchen. Selbstverständlich wird der Mensch versuchen, sich auch als solcher zu erkennen zu geben, indem er versucht, in ruhigem Ton auf den Bären einzureden. Falls der Bär hierdurch sein Interesse verliert, lässt er den Angler in Ruhe und kümmert sich wieder um seine eigenen Dinge, beziehungsweise sein Fressen. Dann hat der Angler Glück gehabt! Ist der Bär aber doch zu neugierig, was es mit dem Zweibeiner auf sich hat, läuft er dem Menschen auch schon einmal hinterher. Dann hat der Angler ein Problem!

Die Angler, die jetzt am Brooks-River sind, scheinen mit diesen Situationen vertraut. Sie stehen immer mindestens zu zweit im Fluss und können so nicht nur ihre Umgebung besser beobachten, sondern auch mehr Lärm machen und so den Bären ihre Anwesenheit signalisieren. Bedrohliche Zwischenfälle hat es in diesem Bärengebiet bisher noch nicht gegeben, trotzdem musste schon so mancher Angler seinen fetten Fang einem pelzigen Mitstreiter überlassen.

Rettung und ein zerrissenes Zelt

Vor einigen Tagen wurde am Fluss eine friedliche Anglerin von einem Bären aufgeschreckt und all ihr Zureden (welche Sprache hat sie wohl gesprochen?) half nichts. Der Bär wollte sie näher kennenlernen und heftete sich an ihre Fersen! Die Arme! Auf halben Weg durch das Sumpfland zu unserer Hütte warf sie ihr Angelzeug von sich. Sie hoffte wohl, der Bär würde sich nun mit dem Angelzeug begnügen. Der Bär schnupperte kurz daran, war aber sichtlich nicht interessiert und nahm seine Verfolgung wieder auf. Gegen alle Vernunft und trotz besseren Wissens fing die Frau an zu rennen, der Bär ebenfalls. Nur noch wenige Meter trennten beide, als sie endlich laut keuchend an unserer Hütte ankam. Wir ließen sie eiligst herein und beobachteten durch das kleine Fenster, wie der Bär ein paar Meter vor unserer Hütte verdutzt stehen blieb. Zuerst war er irritiert und stierte auf die Hütte, in der seine "Beute" verschwunden war, aber dann erkannte er wohl, dass er hier nichts mehr ausrichten konnte. Also verschwand er wieder im meterhohen Sumpfgras in Richtung Fluss.

An diesem Tag ging die Anglerin nicht mehr an den Fluss – sie musste sich für den Rest des Tages von dem Schrecken erholen.

Spät an diesem Abend treffen wir Mike, einen Fotografen, den wir von anderen Bärengebieten kennen und der wie wir schon seit vielen Jahren Bären in der Wildnis beobachtet und fotografiert. Wir freuen uns auf das Wiedersehen und sitzen bei einem kühlen Drink in der Lodge am Kamin. Mike erzählt uns, dass er ca. zwei Kilometer von unserer Hütte entfernt ein Zelt aufgeschlagen hat, um von dort kleine Wanderungen zu den Bären zu unternehmen. Heute Morgen verließ er sein Zelt – ordentlich aufgeräumt und ohne Essen bzw. Essensreste, wie er versicherte – und machte sich auf den Weg zu den Wasserfällen. Dort blieb er den ganzen Tag und sah den Bären beim Lachsefangen zu.

Bei seiner Rückkehr fand er ein Bild der Verwüstung vor: Ein Bär hatte sich an seinem Zelt zu schaffen gemacht und alles kurz und klein gerissen. Vielleicht hatte er doch noch ein bisschen Essen geschnuppert? Das Zelt war nicht mehr zu gebrauchen, der Schlafsack und alle anderen Habseligkeiten waren in Fetzen gerissen und über den Platz verteilt; nichts war heil geblieben. Deshalb war Mike zu uns in die Lodge gekommen, um wenigstens eine Nacht am warmen Kamin verbringen zu können. Am nächsten Morgen will er mit dem Wasserflieger in die Stadt fliegen, sich neu ausrüsten und dann wieder zurückkommen. Ein teurer Spaß – aber Mike lässt sich von dem Zwischenfall nicht entmutigen und verspricht, in Kürze wieder auf Bärenpirsch zu gehen.

Fresslust und Neugierde treiben die Bären immer wieder dazu, verlockenden Düften zu folgen. Ihre Gier nach etwas Fressbarem wird dabei so groß, dass sie äußerst aggressiv reagieren können und sogar Autos aufbrechen, in denen sie Nahrung vermuten. Sie weichen dann weder vor Menschen noch Hunden zurück – im Gegenteil, ein derart gestörter Bär muss als sehr gefährlich eingestuft werden. An den Ohren lässt sich die Stimmung eines Bären recht gut ablesen. Solange die Ohrmuscheln nach vorn gerichtet sind, ist alles in Ordnung. Wenn sie sich aber nach hinten legen, droht Gefahr und ein Rückzug ist höchst angebracht. In seiner Erregung "blafft" er bzw. stößt ein unüberhörbares "Uuufff" aus. Um eine Situation zu klären, greift der Bär manchmal auch nur zum Schein an und bremst seinen Angriff erst kurz vor dem Ziel ab. Fliehen ist aber auf keinen Fall das Mittel der Wahl: der Bär ist auf jeden Fall schneller!

Ausflug mit dem Boot

Bären sind von Natur aus sehr intelligent und, wie bereits erwähnt, furchtbar neugierig. Sie lieben es, alles Neue zu untersuchen. Besonders, wenn es sich um sehr junge Bären handelt, ist nichts vor ihnen sicher.

So ereignete sich einige Tage später folgende kleine Episode:

Gerd und ich haben uns ein kleines Boot gemietet; wir wollen Bärenaufnahmen in einer versteckt liegenden Bucht machen, in der sich oft Bärenmütter aufhalten. Da führende Bärinen sehr angriffslustig sind und wir kein Risiko eingehen wollen, haben wir uns für das Fotografieren aus sicherer Entfernung aus dem Boot entschlossen. Schwimmwesten und Fotoausrüstung sind alles, was wir mitnehmen. Langsam und ruhig gleitet unser Boot in der Stille des Morgens über den spiegelglatten See. Ab und zu können wir ein kurzes Brummen und Schnauben hören. Wir wissen, es sind Bären in der Nähe, hoffentlich eine Bärin mit Nachwuchs.

Nachdem wir eine ganze Weile unser kleines Boot über den See gerudert haben, kommt die angestrebte Bucht in Sicht und tatsächlich sehen wir hier eine Bärenmutter mit drei etwa sechs Monate alten Bärenjungen. Wir rudern mit dem Boot hinter eine kleine Landzunge, um so von der Bärin nicht gesehen zu werden. Von hier können wir aus sicherer Entfernung beobachten und Fotos schießen. Die Jungen scheinen ungeduldig und hungrig, ebenso die Bärin. Immer wieder wehrt sie die schreienden Jungen, die säugen wollen, mit Erfolg ab. Plötzlich stürzt sie sich mit überraschender Geschwindigkeit in den See, um schnorchelnd einige Runden zu drehen.

Es dauert nur kurze Zeit, bis sie mit einem zappelnden Lachs im Maul aufs Ufer zuschwimmt. Die Jungen stehen erwartungsvoll bereit, denn ein Stückchen Lachs ist ja auch nicht zu verachten.

Endlich hat die Bärin das Ufer erreicht und sofort versuchen die kleinen Bärchen, ihr den Lachs zu entreißen. Wieder schreien und knurren sie wild, bis die Bärin den Lachs endlich auf die Erde legt. Schon reißt sich jedes Bärenjunge ein Stückchen davon ab und verzieht sich in das Gras, um seinen Teil zu fressen. Zwei der Jungen können sich nicht einigen, wer das größte Stück bekommen soll und ein fürchterlicher Streit beginnt. Tatzenhiebe werden verteilt, lautes Brummen und Geschrei ist zu hören, immer wieder wird an dem Stückchen Lachs gezogen und gezerrt, bis die Mutter mit einem strengen Blick und tiefen Brummen dem Gezänke ein Ende bereitet.

Bärin mit ihren 3 Jungen

Nur kurze Zeit später ist der Lachs vollständig aufgefressen und für die neugierig herbeigeflogenen
Möwen ist leider nichts mehr übrig geblieben. Nun
ist die Bärin bereit, ihren nimmersatten Nachwuchs zu säugen. Mit lautem und zufriedenem

Geschmatze trinken die Bärenjungen Milch zum Nachtisch und sinken dann erschöpft und schlafend zusammen, um sich von ihrem aufregenden Erlebnis zu erholen.

Wir wollen diese Idylle nicht stören und ziehen uns mit unserem Boot langsam und leise zurück. Von weitem sehen wir bereits unsere Holzhütte und rudern gezielt auf das bewaldete Ufer zu. Mit einem Fernglas suchen wir das Ufer nach Bären ab. Nichts ist zu sehen und kurze Zeit später schiebt sich unser Boot knirschend auf den Sand. Mit einem beherzten Schritt durch das seichte Wasser erreichen wir das trockene Land und werfen zunächst die Schwimmwesten auf den Sand, um das Boot vollends auf den Strand zu ziehen. In diesem Moment hören wir hinter uns ein Knacken und Rascheln, wir drehen uns um und entdecken zwei ca. vier Jahre alten Bären, die sich rasch in unsere Richtung bewegen. Wir lassen sofort das Boot fallen und gehen mit flottem Schritt, ohne uns um die Schwimmwesten zu kümmern, in die entgegengesetzte Richtung, um uns in Sicherheit zu bringen. Schon sind die beiden Halbstarken am Boot und alles wird zunächst einmal neugierig beschnuppert. Die Bären versuchen, da sie in dem Boot nichts von Interesse finden, das Boot umzudrehen, was ihnen gemeinsam auch tatsächlich gelingt. Da sie auch auf der Rückseite des Bootes keine Leckerbissen finden, lenken sie anschließend ihre ganze Aufmerksamkeit auf die beiden Schwimmwesten. Die sind zwar auch nicht essbar, aber zum Spielen scheinen sie zu taugen. Mit kräftigem Beißen, Reißen und Zerren haben es die beiden Youngster bald geschafft, die Schwimmwesten in Fetzen zu zerlegen. Nach einer geraumen Weile verlieren sie die Lust an diesem Spiel und ziehen am Ufer entlang, auf der Suche nach neuen Abenteuern. Wehe, wer ihnen in den Weg kommt!

Lachse

Zu Tausenden ziehen die Lachse den Fluss hinauf, um an ihren Geburtsstätten zu laichen, und so für den Fortbestand ihrer Art zu sorgen. Die Lachszüge sind nach Lachsart getrennt, so dass zu verschiedenen Zeiten verschiedene Lachsarten die Flüsse für ihre Rückkehr benutzen. Während ihrer Wanderschaft aus dem Meer (Salzwasser) durch den Fluss (Süßwasser) nehmen die Lachse keine Nahrung mehr zu sich, überwinden unzählige Hindernisse, wie Stromschnellen, Kaskaden und bis zu zwei Meter hohe Wasserfälle und ruhen nicht, bis sie das Ziel erreicht haben. Nach der Eiablage haben die Lachse ihr Lebensziel erreicht – für Nachwuchs ist gesorgt. In der Zeit der Lachswanderung verändert sich ihr Äußeres stark. Das Maul, das nicht mehr zur Nahrungsaufnahme gebraucht wird, entwickelt sich zu einem so genannten Lachshaken, d. h. der Unterkiefer schiebt sich hakenförmig über den Oberkiefer und lässt den Lachs furchterregend aussehen. Die normalerweise silbrig schimmernde Haut wird mit roten und weißen Pigmentflecken überzogen. Nach kurzer Zeit verendet der Lachs und wird von der Strömung des Flusses wieder zurück Richtung Meer getrieben.

Da Bären als Allesfresser auch Aasfresser sind, stehen diese toten Lachse auch auf ihrem Speisezettel. Manchmal allerdings sind die Bären bereits so satt, dass sie ihre Beute nicht vollständig fressen. Tote und halb gefressene Fische verfangen sich dann in kleinen Einbuchtungen an den Flussrändern und bald liegt ein starker Verwesungsgeruch in der Luft, der einem das Atmen schwer macht. Vereinzelt können wir schon solche Lachse im Fluss entdecken. "Es stinkt ja unglaublich" sage ich und halte mir ein Taschentuch vor die Nase. "Aber es duftet gut, wenn Du ein Bär bist und Hunger hast" antwortet Gerd. Ich muß ihm zwar beipflichten, bin aber froh, als wir uns beim Weitergehen von den Fischresten entfernen und der strenge Geruch wieder abnimmt.

Es wird Zeit für uns, die Wasserfälle zu besuchen.

An den Wasserfällen

Wieder brechen wir sehr früh auf. Unser Weg führt uns zunächst entlang des Sees, dann über eine Schwimmbrücke, die über die Flüssmündung gelegt ist. Die Schwimmbrücke wird von Rangern im Frühsommer ausgelegt, um Besuchern das Überqueren des Flusses zu erleichtern. Diese Brücke wird auch von Bären benutzt. Und manche von ihnen machen auch gerne ein Nickerchen auf der Brücke.

Als wir heute an die Brücke kommen, können wir sie ungestört passieren, kein Bär blockiert den Übergang. Unser Weg führt weiter durch eine weite Graslandschaft und dann durch einen dichten, stark mit Unterholz bewachsenen Wald. Hier ist die Gefahr groß, unverhofft auf Bären zu stoßen und wir rufen wieder "Hey, Bär, hey, Bär" und klatschen laut in die Hände, um dem eventuell vorhandenen Bären unsere Anwesenheit zu signalisieren. Der Weg, auf dem wir laufen, war ursprünglich ein reiner Bärenpfad, aber die Menschen haben ihn im Laufe der Jahre breit und eben getreten. Bis auf einige hoch stehende Wurzeln und herunter hängende Äste ist der Weg akzeptabel. Alle unsere Sinne sind aktiviert und wir achten intensiv auf das, was sich rechts und links vom Pfad abspielt.

Viele, tief ausgetretene Bärenspuren kreuzen unseren Pfad, der Waldboden ist von dickem, dichtem Moos überzogen und dämpft somit jeden Schritt. Es ist schwer, im dichten Unterholz oder fast meterhohen Gras etwas zu entdecken. Nachdem wir eine ganze Weile durch den Wald gewandert sind, hören wir leise das Rauschen der Wasserfälle. Gerade denken wir: geschafft! Da ist ein kurzes Schnauben zu hören und ein Bär mit einem Lachs im Maul rast ca. fünf Meter vor uns quer über unseren Pfad. Oh Schreck, und Gott sei Dank, dass wir nicht ein paar Meter weiter waren! Wir bleiben kurz stehen, um uns von dem Schreck zu erholen, als ein zweiter Bär vorbeikommt, der dem ersten hinterherrast. Offensichtlich hat es der zweite Bär auf den Lachs des ersten Bären abgesehen. Beide verschwinden hinter einer kleinen Anhöhe und kurz darauf hören wir ein wildes Brummen und Schnauben – jetzt wird wohl der Kampf um den Lachs ausgefochten!

Wir wollen uns in diesem stark von Bären frequentieren Gebiet nicht länger aufhalten als notwendig und laufen über das ansteigende Gelände den Wasserfällen entgegen. Das Rauschen wird immer lauter und wir werden immer vorsichtiger. Hier sitzen Bären oft auch am Wegesrand im hohen Gras, um ihren gefangenen Fisch zu verzehren. Also, aufgepasst!

An den Wasserfällen wurde vor langer Zeit von den Rangern eine Plattform errichtet. Sie ist ähnlich wie ein Hochsitz, nur etwas größer. Von dort können Besucher, Tierfotografen und Tierfilmer ungestört das Treiben der Bären beobachten; auf der anderen Seite können sich die Bären, ungestört vom Menschen, ihrem Fischfang widmen.

Am Ziel

Als wir endlich die schützende Plattform erreichen, bietet sich uns ein überwältigendes Bild:
Zwölf Bären sind hier versammelt! Es herrscht ein
reges Treiben und eine Vielzahl von Lachsen
springt über die Wasserfälle, um flussaufwärts
ihren Weg zu den Laichplätzen fortzusetzen.

Gleich links auf den Wasserfällen steht "Fisherman", ein Bär, von beindruckender Standfestig-
keit, den wir bereits von früheren Besuchen
kennen. Er ist unglaublich geschickt im Lachsefangen. Kaum sind wir da, sehen wir, wie er sich,
ohne ins Wanken zu geraten, einen hoch springenden Lachs im Fluge schnappt, sich langsam
rückwärts gehend zurückzieht und den fetten Brocken ca. einen Meter neben dem besten Fangplatz verspeist.

Nach einiger Zeit erkennen wir, dass der Bär "Fisherman" eine "Fisherwoman" ist und zwar nicht
nur an den fehlenden männlichen Attributen. Von
der Waldseite her nähert sich unserem weiblichen
"Fisherman" ein alter Bär mit einem unglaublich
fetten Hinterteil. Es ist unschwer zu erkennen,
dass dieser Bär, nennen wir ihn "Casanova", nicht
an den Lachsen interessiert ist, nein, er möchte zu
Fisherwoman, seiner Auserkorenen, die aber
nichts von ihm wissen will und sich viel lieber dem

Fischen widmet. Geduldig bleibt "Casanova" an ihrer Seite und ignoriert sämtliche springenden Fische. Als "Fisherwoman" wieder einen Fang gelungen ist, geht sie zum Wald und ihr Verehrer trottet stoisch hinter ihr her. Ob sie dort ihren Fisch wohl ungestört verzehren kann? Nach geraumer Zeit kommen beide wieder aus dem Wald, er immer noch hinter ihr her. Nun ist ihr das Fischen auch vergangen und sie beschließt, flussabwärts zu ziehen. Und ...."Casanova" immer hinterher! Ob er sie je betören konnte, wissen wir nicht, aber es muss sich wohl um eine "bärenstarke" Liebe gehandelt haben.

Bär beim Lachsfang

Die nordamerikanischen Bären paaren sich im späten Frühjahr. Während der Paarungszeit bleiben die männlichen und weiblichen Tiere für ca. fünf bis sieben Tage zusammen und trennen sich dann wieder. Damit ist die Familiengründung für den Bärenmann erledigt. Er kümmert sich danach nicht mehr um seinen Nachwuchs.

Weiter rechts auf den Wasserfällen steht "der Dicke", ein bestimmt über 15 Jahre alter, dicker Bär, der das Lachsfanggeschäft etwas behäbiger angeht. Vielleicht ist er auch zu unkonzentriert oder schon zu satt - er steht oberhalb der Fälle und wartet geduldig auf "seine" Beute, die ihm ins Maul fliegen soll. Er schnappt weder nach rechts noch nach links – das ist ihm wohl alles zu anstrengend. Aber letztlich zahlt sich auch seine Geduld aus, er reißt sein Maul im richtigen Moment auf und wird mit einem fetten Lachs belohnt! Zum Fressen geht er lediglich zwei Schritte zurück und mit großer Gelassenheit verzehrt er seine Beute in kürzester Zeit. Dann: Wieder zwei Schritte nach vorne und das Spiel beginnt erneut!

Erfolgreicher Fang

Noch weiter rechts ist "Lippi", ebenfalls ein alter Geselle, der vor einigen Jahren bei einem Kampf wohl einen Kieferbruch erlitten hat. Seitdem hängt ihm die rechte Kieferseite etwas nach unten, was ihn aber anscheinend nicht so sehr beeinträchtigt, denn Lippi ist dick und wohlgenährt. Vor ihm, das heißt unterhalb der Fälle, aufgerichtet und aufgestützt auf einen höheren Felsbrocken, steht ebenfalls ein sehr kräftiger männlicher Bär, der den Felsbrocken als Tisch benutzt. Er hat einen Lachs darauf abgelegt und frißt ihn mit großer Inbrunst ratzeputz in kürzester Zeit auf. Am anderen Ufer des etwa 200 m breiten Flusses sehen wir, noch halb im Unterholz versteckt, einen weiteren Bären. Es ist wahrscheinlich ein Weibchen, nicht ganz so groß wie die anderen Bären auf den Fällen. Das Fell ist noch relativ hell gefärbt, das Alter schätzen wir auf etwa fünf Jahre. Bestimmt ist das Bärenfräulein noch etwas schüchtern und traut sich nicht so recht zwischen die "alten Kameraden". Also wartet die Bärin geduldig, bis sich die Situation etwas entspannt und einige der männlichen Bären das Weite suchen.

Auf der kleinen Insel in der Mitte des Flusses hält sich eine Bärin mit zwei ca. achtzehn Monate alten Jungen auf. Die Bärin ist relativ klein, die Jungen schon fast so groß wie sie selbst. Beide Bärenkinder haben einen auffälligen schwarzen Fleck auf der Stirn. Gerade holen sie sich einen Fetzen Lachsfleisch aus dem seichten Wasser und sofort beginnt ein Streit um die Beute.

Weiter flussabwärts toben zwei Halbwüchsige. Vor uns, noch im Fluss, sitzt "Alf" und verzehrt ebenfalls einen Lachs. Er sieht mit seiner langen Nase der Fernsehfigur "Alf" wirklich sehr ähnlich und sein Gesichtsausdruck strahlt offensichtlich äußerste Zufriedenheit aus. Er scheint sogar zu lächeln!

Alf

In unmittelbarer Nähe vor uns hat sich "Dieb" niedergelassen. Dieser ca. fünf Jahre alte Bärenjüngling hat eine ganz besondere Art, Lachse zu fangen. Er sitzt am Ufer des Flusses, wirkt völlig unbeteiligt, schaut gelangweilt mal nach rechts, mal nach links und erweckt den Anschein, als würden Lachse ihn ganz und gar nicht interessieren.

Aber aus seinen Augenwinkeln heraus beobachtet er, was sich auf und an den Wasserfällen abspielt! Und sobald dort ein Bär einen Lachs fängt und sich mit seiner Beute in den nahen Wald zurückziehen will, wird der "Dieb" aktiv. Er steht auf und begibt sich zu der Stelle, wo der erfolgreiche Bär den Fisch verzehren will. Jetzt schlägt er zu und versucht, dem Lachsfänger die Beute streitig zu machen! Das geht nicht ohne Tätlichkeiten, die von lautem Brüllen und Schnauben begleitet werden. Doch nach einer kleinen Weile kommen beide zurück, der Lachsfänger geht wieder auf die Fälle, der "Dieb" setzt sich wieder unbeteiligt ans Ufer und wartet auf die nächste "Lachsspende".

Die kleine Bärenmutter möchte nun auch auf die Wasserfälle, um an ein leckeres Abendessen zu kommen.

Es ist gefährlich für eine Bärenmutter mit Jungen, sich in der Nähe von alten, männlichen Bären aufzuhalten. Bärenmänner haben leider die schlechte Eigenart, Bärenjungen den Garaus zu machen, damit das Bärenweibchen dann eher auf das Werben des Bärenmannes eingehen kann.

Die Bärin muss also höllisch auf ihren Nachwuchs aufpassen - aber der leere Magen treibt sie gegen alle Vernunft zu den Wasserfällen. "Alf" findet das gar nicht gut und fängt sofort an zu Brummen, auch der "Dieb" hält nichts vom dem Ansinnen der Bärin und geht ihr mit forschem Schritt entgegen. Mutter Bär brummt zurück, sicher die beiden Jungen hinter sich verborgen. Es dauert eine kleine Weile, bis "Alf" und der "Dieb" einsehen, dass sich die Bärin von ihrem Vorhaben nicht abhalten lässt.

Beide Bären wenden sich ab und kümmern sich nicht mehr um das Geschehen. Zum Stressabbau widmet sich die Bärin nun erst einmal der Fellpflege, sie legt sich auf den Rücken und kratzt sich an Bauch und Beinen. Nachdem sie sich beruhigt hat und sich die beiden Jungbären ebenfalls ein ruhiges Liegeplätzchen in der Nähe der Mutter ausgesucht haben, nimmt die Bären die Situation auf den Wasserfällen erneut in Augenschein: Kann sie es wagen, auf die Fälle zu klettern und eventuell einen Fisch ergattern? Sie wagt es und mit einem kurzen, prüfenden Blick auf ihren Nachwuchs klettert sie ohne Anstrengung über einen kleinen Felsvorsprung auf die Wasserfälle. Im gleichen Moment kommt jedoch von links ein männlicher Bär aus dem Ufergestrüpp und schon stürzen sich beide Bären aufeinander, Wasser spritzt auf, lautes Gebrüll ist zu hören und Tatzenhiebe werden verteilt. Die beiden Jungbären sind aufgeschreckt, wollen im ersten Moment zur Mutter laufen, erkennen aber die Gefahr und kehren zurück und verkriechen sich zusammengekauert auf einer kleinen Grasinsel hinter einem dicken Grasbüschel.

Die Bärin kommt, immer noch schnaubend und offensichtlich ziemlich wütend, zurück. Unentschlossen bleibt sie stehen und geht dann über einen kleinen Pfad wieder ins Unterholz. Noch einmal hören wir lautes Brüllen und Schnauben. Offensichtlich gibt es noch immer Ärger mit ihrem Kontrahenten und sie will ihm wohl eine weitere Lektion erteilen. Kurze Zeit später kommt sie erneut laut keuchend aus dem Gebüsch. Hat sie den anderen Bären jetzt tatsächlich vertrieben? Die Jungen eilen von der Insel zu ihr und schmiegen sich zärtlich an sie. Die Bärenmutter genießt die bärigen Liebkosungen und beschließt dann, den Rückzug in den Schatten des nahen Waldes anzutreten. Kein Lachs zum Mittagessen heute – vielleicht dürfen es ein paar Beeren sein?

Der schwierige Weg zurück

Trotz dieses interessanten Treibens beschließen wir nach einigen Stunden, die Wasserfälle zu verlassen. Wir machen uns auf den Weg. Zunächst müssen wir eine kleine Anhöhe überwinden – hier heißt es besonders vorsichtig sein, weil wir nicht wissen können, was sich hinter der Anhöhe verbirgt. Unsere Sinne sind hellwach! Aber rechts und links vom Pfad sind keine Bären zu sehen, obwohl sie in dem hohen Gras ohnedies nur schwer auszumachen sind. Ruhig wandern wir weiter und klatschen dabei ab und zu in die Hände. Als wir die höchste Stelle erreichen, steht plötzlich ein kleiner, ca. vier Jahre alter Bär vor uns. Maximal 10 - 12 m trennen uns von ihm. Er rührt sich nicht, sieht uns nur neugierig an. Sein Fell ist ziemlich zerzaust und auf seiner Nase entdecke ich eine kleine frische Kratzwunde. Alles deutet darauf hin, dass er wohl vor nicht allzulanger Zeit in eine ordentliche Rauferei verwickelt war. Möglicherweise ist er deswegen noch schlecht gelaunt. Und schlecht gelaunten Bären ist nicht zu trauen! Nach links können wir nicht ausweichen, da es hier steil abwärts zu den Wasserfällen geht, rechts ist das unsichere Grasland mit seinen Unebenheiten und meterhohem Grasstand. Also entschließen wir uns blitzschnell, den Rückzug zur schützenden Plattform anzutreten. Wir lassen den Bären nicht aus den Augen und reden in beruhigendem Ton auf ihn ein. Wir geben uns große Mühe, keine Nervosität zu zeigen. "Hey Bär, sei ein lieber Bär, hey Bär"! Dabei versuchen wir, rückwärts den Hang hinunterzulaufen, was sich als außerordentlich schwierig herausstellt. Der Bär macht ein paar Schritte nach vorn auf uns zu, bleibt wieder kurz stehen, sieht unschlüssig in unsere Richtung und setzt dann aber ebenfalls seinen Weg fort, ohne zu den Wasserfällen oder ins Grasland abzudrehen. Anscheinend will er unserer Empfehlung, uns doch bitte in Ruhe zu lassen, nicht folgen und ist an unserer näheren Bekanntschaft interessiert. Wir müssen uns umdrehen, auf den Weg sehen, auf die Wurzeln achten, um nicht zu stürzen. Über die Schulter beobachten wir, dass der Bär weiter hinter uns bleibt, ohne seine eigene Geschwindigkeit zu verändern – trotzdem hat es den Anschein, dass er immer näher an uns herankommt. Endlich ist die Plattform erreicht, schnell schließen wir eine kleine, ca. einen Meter hohe Tür hinter uns und sind in Sicherheit! Wir drehen uns um und sehen nach dem kleinen Bären. Schon steht er aufrecht an der Tür, und muß erstaunt feststellen, dass die Tür ein Hindernis ist, das er nicht so ohne weiteres überwinden kann.

Erst eine halbe Stunde später machen wir uns erneut auf den Weg zu unserer Hütte, die wir diesmal unbehelligt am späten Abend erreichen.

Abschied

Am nächsten Tag gehe ich noch einmal zu den Wasserfällen. Das Wetter hat sich sehr verschlechtert, es regnet in Strömen seit dem frühen Morgen. Jetzt, am späten Vormittag, nieselt es nur noch ganz leicht. Ab und zu blitzt die Sonne durch die Wolken und erweckt Hoffnung auf besseres Wetter. An den Wasserfällen ist kein Bär zu sehen. Während ich noch das gegenüberliegende Ufer mit einem Fernglas nach Bären absuche, taucht direkt neben der Plattform "Diver" aus dem Unterholz auf.

"Diver" ist eine Bärenlegende. Seit über 10 Jahren haben wir Diver jedes Jahr gesehen. Heute ist er ca. 30 Jahre alt, in früheren Jahren war er der "König der Wasserfälle". Er ist riesig, hat dunkelbraunes bis schwarzes Fell und eigentümlich abstehende Ohren. Den Namen "Diver" ("Taucher") hat er erhalten, weil er als einziger Bär in dieser Gegend kopfüber und mit dem gesamten Körper in das Wasser abtaucht, um nach Lachsen zu fischen. In der Regel "schnorcheln" Bären und versuchen, mit den Ohren nicht unter Wasser zu gelangen.

In den vergangenen Jahren hatte "Diver" immer wieder starke Kampfverletzungen und dennoch wurde er lange Zeit von allen Bären respektiert.

Doch seine Kraft ließ nach, er wurde älter und schwächer. Er verlor seine Vorherrschaft. Schwere Verletzungen deuteten darauf hin, dass stärkere Bären die Führung übernommen haben. Jetzt kommt er nur noch zu den Zeiten an die Fälle, in denen andere männliche Bären bereits das Weite gesucht haben. Ich bin stolz und freue mich, dass ich ihn noch einmal sehen kann, obwohl er ein trauriges Bild bietet. Er geht nicht ins Wasser oder gar auf die Fälle, er legt sich neben der Plattform ins Gras und ich höre sein schweres, asthmatisches Schnaufen.

Es ist, als ob er sich ein letztes Mal sein "Königreich" ansehen wolle. Sein Gesicht ist zerkratzt, eine tiefe Wunde klafft an seinem Rücken. Er blickt traurig und verlassen. Am liebsten würde ich zu ihm gehen um ihn zu trösten - aber das geht ja wohl nicht. Plötzlich dreht er den Kopf und blickt mich an, lange, nicht nur kurz, wie es Bären oft tun. Mir kommen die Tränen in die Augen und ich weiß plötzlich, dass dies ein Abschied ist. Der Nieselregen, der Nebel oder die Tränen trüben meinen Blick, "Diver" verschwimmt vor meinen Augen. Ich wende mich traurig ab und gehe mit schwerem Herzen durch den Wald zurück zur Hütte.

Es ist das letzte Mal, dass ich Diver, den "König der Wasserfälle", gesehen habe.

Die Wolken haben sich am Nachmittag gänzlich verzogen, der Himmel erscheint in strahlendem Blau und die Sonne gibt ihr Bestes, es ist sehr heiß geworden.

Am Abend sitzend wir wieder vor unserer Hütte und genießen das vor uns liegende Panorama. Wir haben allerdings viele ungebetene Gäste: Unzählige Moskitos umschwirren uns und versuchen, ihren Hunger mit unserem Blut zu stillen. Trotz unseres guten Mückenschutzmittels geben wir nach kurzer Zeit den ungleichen Kampf auf und verziehen uns in unsere Hütte.

Letzter Besuch der Wasserfälle

Die Anzahl der Lachse wird geringer, ebenso die Anzahl der Bären. Für uns heißt das: die Zeit des Abschieds naht.

Morgen wird John mit seinem Flieger kommen, um uns abzuholen. Ein letztes Mal möchten wir an die Fälle gehen und machen uns am späten Nachmittag noch einmal auf den Weg durch den Wald. Das Wetter hat sich wieder verschlechtert, es regnet ganz fein, der Boden, von den vorangegangenen Sonnenstunden aufgeheizt, dampft ein wenig und lässt die Umgebung nur undeutlich erkennen. Ohne Zwischenfälle erreichen wir die Wasserfälle. Kein Bär in Sicht. Nach geraumer Zeit höre ich Blätter rascheln und Äste knacken, das Buschwerk teilt sich und eine kräftige Bärennase streckt sich durch die Blätter. Dann erscheint der ganze Kerl: Es ist eine sehr dicke Bärenmutter mit zwei winzigen Bärenjungen. Jetzt, wo die meisten männlichen Bären sich bereits in den Wald verzogen haben, ist für sie der Moment gekommen, vielleicht noch einen Lachs an den Wasserfällen zu erwischen. Sie kommt gänzlich aus dem Unterholz und lenkt ihre Schritte unverzüglich auf die Wasserfälle zu. Auch die zwei Winzlinge folgen ihr und es hat den Anschein, als würden sie jeden Moment von der starken Strömung mit hinuntergerissen. Aber sie sind standhaft. Mutter Bär muss lange warten, bis endlich ein Nachzüglerlachs den Wasserfall überwinden will. Sie schnappt mit einem kräftigen Biss zu und ohne ihren Standort zu verlassen, verzehrt sie den Fang direkt an Ort und Stelle. Auch die zwei Bärenjungen dürfen an dem Festmahl teilnehmen.

Bärenmutter auf den Wasserfällen

Danach begibt sich die Bärin wieder an den unteren Teil des Flusses. Sicher um sich dort nach weiteren Lachsen umzusehen. Die Kleinen sind ihr natürlich auf den Fuß gefolgt. Immer wieder suchen sie sich große, aus dem Wasser ragende Steine, auf die sie sich stellen können. So halten sie ihre Füsse trocken. Offensichtlich ist es ihnen sehr unangenehm, nasse Füsse zu bekommen.

Das Wasser ist wohl noch nicht ihr Element. Doch als der Bärin ein erneuter Fang gelingt und sie diesen an das grasbewachsene Ufer bringt, ist der Appetit größer als die Wasserscheu. Die Jungen verlassen ihre kleinen Steininselchen und traben zur Mutter in der Hoffnung, wieder ein leckeres Stückchen vom großen Happen abzubekommen. Nachdem alle von dem Lachs gefressen haben, verschwindet die Bärenfamilie langsam aus unserem Blickfeld und der Wasserfall liegt in leichtem Nebel und verlassen vor uns.

Auf dem Weg in den Südosten

Am nächsten Tag fliegen wir mit John zurück in die Stadt. Schon bei der Ankunft fällt mir folgende Schlagzeile der Zeitungen ins Auge: „Zwei Jogger von Grizzly getötet!" Was war geschehen? Folgendes erfahren wir:

Zwei Jogger drehten am Stadtrand von Anchorage - mit ca. 260000 Einwohnern die größte Stadt Alaskas - ihre Runden. Der Joggerpfad führte durch eine Gegend, die leicht bewaldet war. Es war später Nachmittag an einem warmen Julitag. Was die Jogger nicht wissen konnten, war, dass genau an einer Stelle, an der der Joggerpfad vorbeiführte, ein Braunbär einen Elchkadaver zu vergraben versuchte, den er wohl am Tag zuvor in einer offenen Graslandschaft abgelegt hatte. Der Elch war fast zur Hälfte aufgefressen – die Reste versuchte der Bär nun für spätere Zeiten in Sicherheit zu bringen. Unglücklicherweise wurde er bei "der Sicherstellung seiner Beute" durch die beiden Jogger, die ahnungslos ihre Runden drehten, gestört. Der Bär glaubte nun, die beiden Zweibeiner wollten ihm seine Beute streitig machen. Er griff die harmlosen Personen an und tötete beide. Die Hilfeschreie hatten in der Nähe wohnende Anrainer aufmerksam werden lassen, jedoch kam jegliche Hilfe für die beiden Jogger zu spät. Der

Bär ergriff die Flucht und verschwand in den angrenzenden dichten Wäldern.

Einem solchen Bär in der Wildnis zu begegnen, ist höchstgefährlich: einmal Menschenfleisch geschmeckt, wird dieser Bär immer wieder verstärkt versuchen, an Menschen heranzukommen. Ihm ist seine tödliche Gier nach Menschenfleisch nicht anzusehen und normalerweise muss ein Bär, der sich derart verhalten hat, unverzüglich getötet werden, um weitere schlimme Zwischenfälle zu verhindern. Auch dieser Bär aus Anchorage wurde tagelang in den umliegenden Waldregionen gesucht, viele Ranger verfolgten seine Spur, allerdings hat man ihn nie erwischt!

Nach einigen Tagen der "Regeneration" steht bereits unser nächstes Ziel auf dem Programm: der Südosten Alaskas, Gebiet der Schwarzbären.

Der amerikanische Schwarzbär oder Baribal ist wohl die bekannteste Bärenart, die wir kennen. Schwarzbären kommen in den verschiedensten Farbvariationen vor. Zwar sind sie meist schwarz, aber es gibt auch bräunliche, zimtfarbene oder schwarzblaue Exemplare. An der Küste von British Columbia gibt es sogar weiße Schwarzbären! In ein und demselben Wurf können die Jungen unterschiedlich gefärbt sein. Alaskanische

Schwarzbären leben vorwiegend in Alaska auch in Regenwäldern, wo sie sich mit ihren Jungen bei Gefahr schnell auf Bäume retten können. Sie sind ausgezeichnete Kletterer. Eine Gefahr für Schwarzbären sind auch Braunbären, die allerdings keine guten Kletterer sind. Lediglich junge Braunbären sind in der Lage, Bäume zu erklimmen.

Schwarzbären sind deutlich kleiner als Braunbären und erreichen ein Maximalgewicht von ca. 250 kg. Auch sie sind Allesfresser und ebenso neugierig wie die Braunbären, allerdings weniger scheu. Wenn der Hunger sie plagt, sind sie auch hin und wieder in menschlichen Siedlungen anzutreffen, sehr zum Leidwesen der dort lebenden Menschen. Verwüstete Gärten, aufgebrochene Gartenhäuschen und Holzgaragen, umgeworfene und durchwühlte Mülleimer sind oft das Resultat nach dem Besuch eines Bären oder einer Bärenfamilie. Noch kann man solche Vorkommnisse als Ausnahmen bezeichnen, denn die meisten Schwarzbären leben gut verborgen im Schutz der tiefen Wälder Alaskas.

Nach einem Zweistundenflug mit einem Jet landen wir in einer kleinen alaskanischen Stadt im Südosten von Alaska. Gleich am nächsten Tag, nach einer Nacht in einer rustikalen, gemütlichen Lodge, fahren wir in Begleitung unseres Guides

Steven mit einem Schnellboot die Küste entlang. Das Wetter ist auch hier relativ schlecht, der Himmel grau, diesig und wolkenverhangen, noch regnet es nicht, aber die Luft ist schon feucht und kalt. Es ist ein typisch alaskanischer Augusttag im Gebiet der Regenwälder. Trotz der schlechten Sichtverhältnisse habe ich das Fernglas herausgeholt, um die Küste abzusuchen. Und tatsächlich: ich kann drei dunkle, sich bewegende Punkte ausmachen. Steven drosselt den Motor, nimmt ebenfalls sein Fernglas zu Hilfe und bestätigt meine Vermutung. Am Ufer der langgezogenen Küste machen sich drei Bären zu schaffen. Wir sind neugierig geworden und beschließen spontan, einen kleinen Abstecher dorthin zu wagen. Mit reduzierter Geschwindigkeit fahren wir näher an die Küste heran. Immer deutlicher ist zu erkennen, dass sich hier eine Bärenfamilie als „clam digger" (Muschelsucher) betätigt. Endlich sind wir nahe genug und können erkennen, dass eine Bärenmutter mit zwei ca. 18 Monate alten Jungen den Strand intensiv nach Muscheln absucht. Die Bärin gräbt mit ihren riesigen Pranken im feinen Sand; findet sie eine Muschel, wird diese mit den kräftigen Krallen auseinandergedrückt und der leckere Inhalt verschwindet in ihrem Schlund. Manchmal versucht sie auch, ihren gesamten Vorderlauf unter einen großen Stein zu schieben, um nach Fressbarem zu tasten. Wenn sie dann nicht fündig wird, dreht sie den schweren Stein um, und inspiziert die Unterseite nach Leckerbissen. Interessant ist, dass die Bärenkinder bei ihrer Futtersuche in genau der gleichen Art und Weise vorgehen. Sie haben schon viel von der Bärin gelernt und können bestimmt schon bald ohne Mutter ihr Überleben sichern.

Bären haben kein angeborenes Verhalten. Alles, was sie zum Leben bzw. Überleben wissen müssen, lernen sie von der Bärenmutter. Die Hauptlektion in der ca. zwei bis dreijährigen Lehrzeit lautet: "Wie überlebe ich als Bär". Die Bären ernähren sich in der Zeit des kurzen Sommers von unterschiedlicher Kost. Welche Pflanzen, Beeren und Insekten essbar sind, lernen die Bärenkinder ebenfalls von der Bärin. Lachsefangen, Kleintierjagen und Muschelsuchen müssen intensiv geübt werden. Es dauert eine lange Zeit, bis der Bärennachwuchs für ein selbstständiges Leben genug gelernt hat.

Dann müssen die Bärenkinder die Bärenmutter verlassen – manchmal geschieht diese Trennung auch etwas gewaltsam. Dann werden die Jungen von der Bärin verjagt und müssen sich zwangsläufig ein eigenes Revier suchen. Die "clam digger" waren gute Schüler: sie sind schon sehr sicher bei ihrer Nahrungssuche.

Im arktischen Regenwald

Weiter geht die rasante Bootsfahrt, bis wir an einen dichten Regenwald kommen. Wir vertäuen das Boot am Ufer und begeben uns auf dem nassen, glitschigen Pfad in den Regenwald. Kein Zauberwald könnte eindrucksvoller sein. Der samtweiche Boden ist von Farnen überzogen, knorrige Wurzeln ranken über bemooste Steine. Die Sonne, die jetzt ab und zu durch die Wolken blitzt, wirft nur einige schwache Strahlen durch das dunkle Dickicht und lässt die Farne um uns herum hell aufleuchten. Die tiefroten Beeren an den hohen Sträuchern laden zum Naschen ein. Sie schmecken leicht säuerlich und machen Lust auf mehr. Wir haben Mühe, unter den riesigen, mit wehendem Hängemoos bewachsenen Hemlocktannen und Zedern unseren Weg zu finden. Steven drängt uns weiter, noch haben wir unser Ziel nicht erreicht – ein langer und unübersichtlicher Weg liegt vor uns. Steven geht voraus und weist uns auf Bäume und Äste hin, die teilweise versteckt von den Farnen quer über dem Weg liegen. Einmal rutsche ich auf einer Wurzel aus, falle auf den schlammigen Pfad. Zum Glück habe ich regen- beziehungsweise wasserundurchlässige Kleidung an, aber mein Rucksack sieht sehr verdreckt und mitgenommen aus.

Weiter geht's – nicht lange stehenbleiben und jammern! Unser Pfad verläuft jetzt entlang eines kleinen Flüsschens, es geht steil bergauf, der Fluss versinkt in der Tiefe. Auch das gegenüberliegende Ufer ragt steil herauf. Riesige, mit dichtem Moos bewachsene Granitfelsen säumen die Ufer. Dahinter ein Durcheinander von Sträuchern und hohen Gräsern, die den Hang überwuchern. Endlich erreichen wir eine kleine, in ein hervorragendes Felsstück gehauene Ausbuchtung, von der wir einen fantastischen Überblick haben. Die Ausbuchtung ist durch einen Gitterzaun von der Umgebung abgetrennt und nachdem wir eine kleine Eisentür hinter uns gut verschlossen haben, können wir ungestört die vor uns liegende Szenerie genießen. Tief unten liegt der Fluss, vollgefüllt mit Lachsen. Kleinere Wasserfälle machen es den Lachsen schwer, den Fluss hinaufzuschwimmen. Immer wieder springen sie hoch, ihre glänzenden Leiber klatschen gegen den nassen Fels und sie fallen zurück in kleine Mulden, in denen sich in brodelnder Gischt ihresgleichen zu Hunderten tummeln. Weiter flussaufwärts drängeln sich Fichten und Hemlocktannen am Ufer. Zwischen den riesigen Ganitfelsblöcken gibt es zahlreiche Ritzen und Höhlen; Baumstämme, die dick mit Moos und Farnen bewachsen sind, liegen quer über dem Fluss. Plötzlich entdecken wir ihn: ein dicker Schwarzbär schiebt sich bedächtig aus einer Höhle. Er hat leicht bräunliches, zimtfarbenes

Unterfell, es ist also ein so genannter „Cinnamon bear" (Zimtbär), eine Variante in der Schwarzbärengattung.

Der Bär geht drei Schritte bis zum Ufer, betrachtet sich sorgfältig die vor ihm angestaute Lachsmenge und mit einem schnellen Biss erwischt er ein recht stattliches Exemplar.

Schwarzbär

Gleich an Ort und Stelle verzehrt er seinen Fang, um sich dann unverzüglich das nächste Exemplar aus seiner "Speisekammer" zu holen. Diesen zweiten Lachs jedoch hält er fest im Maul und stürmt mit unerwarteter Leichtigkeit den steilen Berg hinauf. Dort verschwindet er im dichten Laubwerk. Jetzt können wir auch erkennen, warum es der "Zimtbär" so eilig hatte. Von rechts nähert sich ein weiterer Schwarzbär, dessen Fell dunkelblau und glänzend schimmert. Diese Gattung nennt man "Glacier bear" (Gletscherbär), wegen der ungewöhnlichen, blauschimmernden Fellzeichnung.

Der Gletscherbär bedient sich ebenfalls ohne große Anstrengung am Buffet des Flusses und auch er hat keine Scheu, den Lachs an Ort und Stelle zu verspeisen. Nach einer kleinen Weile kommt der Zimtbär wieder aus dem Wald hervor, zögernd nähert er sich dem Ufer und in einigen Metern Abstand von seinem Kontrahenten holt er sich einen weiteren Fisch aus dem Wasser. Der Gletscherbär bemerkt den Vorgang, fängt an zu grollen und zu brummen und ganz langsam geht er auf den Zimtbären zu. Der lässt sich noch nicht beeindrucken, frisst weiter an seiner fetten Beute. Erst als der Gletscherbär schon ganz nahe ist, lässt er den halbgefressenen Fisch los und stellt sich seinem Widersacher drohend und brummend gegenüber. Und schon setzt es wieder heftige Tatzenhiebe, lautes Brüllen hallt durch das enge Flusstal, aber schon nach wenigen Minuten ist die Situation geklärt. Der Gletscherbär zieht sich zurück, immer noch brummend und mit den Zähnen ratternd, aber mit gesenktem Kopf. Der Zimtbär widmet sich erneut dem Lachsfang, als wäre nichts geschehen. Nachdem er einige fette Lachse verspeist hat und sein Bauch deutlich dicker geworden ist, klettert er – jetzt nicht mehr ganz so flott – über einige umgefallene Baumstämme zurück in die Deckung des dichten Waldes.

Später sehen wir noch eine Schwarzbärenmutter mit einem ca. sieben Monate alten Jungen. Sie ist sehr nervös und ängstlich. Von Steven erfahren wir, dass die Bärin vor einigen Tagen ein Junges verloren hat. Sie sieht sich immer wieder nach rechts und links um, nervös zuckt sie bei jedem Rascheln und Knacken der Äste zusammen, kommt aber trotzdem immer näher ans Ufer. Blitzschnell ergattert sie einen Lachs, der so groß ist, dass sie ihn kaum tragen kann und begibt sich eilig über einige Granitfelsblöcke in das Unterholz. Das Bärenjunge, welches ihr auf Schritt und Tritt folgt, hat nun Mühe, in dem unebenen Gelände hinterherzukommen. Immer wieder legt die Bärin eine kurze Rast ein, bis das Kleine wieder aufgeholt hat. Kurz darauf sind die Bärin und das Junge im Wald verschwunden.

Weiter flussabwärts können wir mit Hilfe des Fernglases einige Braunbären erkennen. Auch sie sind eifrig beim Fischfang.

Es dauert eine ganze Weile, bis sich am gegenüberliegenden Flussufer wieder etwas tut. Jetzt kommt Mutter Bär erneut aus dem schützenden Wald. Sie hat wohl genug Mut gefasst oder so viel Hunger, dass sie es wagt, ein zweites Mal auf Lachsfang zu gehen. Auch scheint sie nicht mehr so nervös zu sein, denn jetzt begibt sie sich recht forsch an das Ufer. Das Bärenbaby lässt sich inzwischen von dem Duft der Himbeeren anlocken, es klettert geschickt auf die dünnen Äste des Beerenstrauches und pflückt genüsslich die süßen Früchte. Diesmal nimmt sich die Bärin etwas mehr Zeit zum Lachsfang und ist darüber hinaus noch sehr wählerisch. Als sie wieder ein großes Exemplar gefangen hat, trabt sie zu dem Himbeerstrauch, um sich hier, in der Nähe ihres Nachwuchses, die fette Beute schmecken zu lassen. Nachdem beide ihre Mahlzeit beendet haben und offensichtlich satt sind, trotten sie am Ufer entlang und verschwinden nach einiger Zeit in dem für unsere Blicke undurchdringlichen Geäst.

Von weitem sehen wir noch einmal den Gletscherbär. Er steht auf einem Baumstamm, der quer über dem reißenden Fluss liegt, und beobachtet die Lachse, die sich hier mühsam den Weg flussaufwärts suchen. Wahrscheinlich ist er nicht mehr so hungrig, denn von seinem Standplatz ist es auch für ihn kaum möglich, einen Lachs zu ergattern. Vielleicht macht ihm das "Lachsebetrachten" einfach nur Spaß!

Für uns wird es Zeit zum Rückzug. Wir verlassen die geschützte Aussichtsstelle und begeben uns wieder auf den Weg talwärts zu unserem Boot. Steven geht, mit "Bärenspray" bewaffnet, voraus. Er versichert uns, das Spray nur für den absoluten Notfall dabei zu haben – ich hoffe, dass es nicht zum Einsatz kommen muß! Es ist unmöglich, durch die dichte Bewaldung den Pfad auf eine längere Strecke einzusehen und wir unterhalten uns laut, um eventuell vorhandene Bären auf uns aufmerksam zu machen. Plötzlich und unvermittelt bleibt Steven stehen. Als ich ihm über die Schulter sehe, entdecke ich drei ca. vier bis fünf Jahre alte Braunbären, die uns erschrocken ansehen. Wahrscheinlich haben sie unsere Stimmen durch das laute Rauschen des nahen Flusses nicht gehört. Steven, Gerd und ich gehen sofort einige Schritte vom Pfad weg in das Unterholz, um den Bären „the right of the way", das Wegerecht, zu geben. Zur gleichen Zeit stürmt einer der Bären in offensichtlicher Panik nach links durch das hohe Gras in Richtung Fluss, ein anderer Bär dreht sich um und flüchtet in die Richtung, aus der er gekommen ist. Der dritte Bär beobachtet zuerst die Reaktionen seiner "Freunde", dann geht er ganz gemächlich und ruhig weiter den Pfad entlang, ohne uns nur eines Blickes zu würdigen. Als die Situation geklärt ist, atmen wir alle drei einmal tief durch, warten noch einen kleinen Moment und setzen dann unseren Weg fort. Allerdings unterhalten wir uns jetzt wesentlich lauter und rufen ab und zu das obligatorische "Hey Bär, hey Bär".

Ohne weitere Zwischenfälle erreichen wir unser Boot. Die dunklen Wolken haben sich inzwischen gänzlich verzogen und der rote Abendhimmel spiegelt sich im ruhigen Wasser. Während der Fahrt zu unserer Lodge sehen wir in einiger Entfernung Orcas (Killerwale) aus dem Wasser springen. Weißkopfseeadler sitzen in den hohen Wipfeln der Tannen und drei bis vier Seeotter spielen vergnügt auf dem Rücken liegend mit Steinen, die sie vom Ufer geholt haben. Nach diesem "bärenreichen" Tag genießen wir entspannt die Fahrt mit dem Boot zu unserer Lodge.

High-Noon-Bär

Unsere nächste Exkursion führt uns wieder in einen Regenwald, ca. eine halbe Flugstunde von Juneau entfernt.

Juneau ist die Hauptstadt von Alaska und eine Stadt der Gegensätze. Großstädtische Bürohochhäuser und urgemütliche Saloons aus der Zeit der Goldgräber und Glücksritter findet man hier dicht beieinander. Die Wildnis mit riesigen Gletschern, das Juneau Ice Field und undurchdringliche Regenwälder liegen unmittelbar vor der Stadt. Im Hafen von Juneau ankern in den Sommermonaten gewaltige große Kreuzfahrtschiffe, die hier ihren Passagieren einen kurzen Landaufenthalt gönnen. Nach Juneau selbst führt keine Straße, lediglich mit dem Flugzeug oder mit dem Schiff ist die kleine Stadt zu erreichen.

Wir chartern wieder einen Wasserflieger. Für die geplante Tour sind wir auf einen Guide angewiesen und besprechen mit Tom den Ablauf bereits einen Tag vor unserem Aufbruch.

Die Sonne steht schon am Himmel, als wir nach einem ruhigen Flug am nächsten Morgen in der kleinen Bucht einer bewaldeten Insel landen. Schon jetzt spüren wird deutlich die Kraft der Sonne, deren Licht bis weit in die Nacht hinein reichen wird. Der Tag verspricht heiß zu werden. Da wir uns nahe am "Golf von Alaksa" befinden, müssen wir mit Tiden rechnen – zum Zeitpunkt unserer Ankunft ist Ebbe. Vom Schwimmer des Fliegers springen wir in den matschigen Sand, der sich auf eine Breite von ca. zehn Metern bis zum dichten Wald hin ausbreitet. Der Pilot unserer kleinen Maschine steigt nicht aus, sondern wendet den Flieger, um dann mit Höllengetöse über die glatte Wasseroberfläche zu schießen und langsam steigend in einer Linkskurve hinter einer hervorspringenden Landzunge zu verschwinden. Es herrscht jetzt absolute Stille. Für einen kurzen Moment genießen wir das Gefühl der totalen Einsamkeit. Nichts ist zu hören.

Tom und Gerd stampfen durch den Matsch an den Waldrand, um das dort von Tom deponierte Kajak aus dem Unterholz zu ziehen. Nachdem das Boot zu Wasser gelassen ist, verstauen wir Rucksäcke und Kameraausrüstung in wasserdichten Plastiksäcken, legen selbst Schwimmwesten an und rudern mit kräftigen Schlägen am bewaldeten Ufer entlang. Nach ca. einer Stunde erreichen wir die von Tom angesteuerte Stelle, von der aus ein alter Bärenpfad in das Innere der Insel führen soll. An der Anlegestelle packen wir unsere Lebensmittel in Plastikboxen, die mit langen Stricken versehen sind. Geschickt wirft Tom jeweils ein Ende des Seils über den Ast eines hohen Baumes. Jetzt zieht er die Seile noch ungefähr drei Meter vom Baumstamm weg, die Plastikboxen nach oben und sichert das Seil mit einem doppelten Knoten am Baumstamm. Nun sollte unser Lunch vor hungrigen Bären sicher sein.

Theresa mit Gepäck

Der Regenwald, der vor uns liegt, lässt für Gerd und mich keinen Weg oder Pfad ins Innere der Insel erkennen. Wir folgen Tom, der nach kurzer

Suche zwischen Sträuchern und Farnen einen Durchschlupf entdeckt. Leicht gebückt müssen wir uns vorwärts bewegen, aber nach ca. 10 bis 15 Metern lichtet sich das Gestrüpp und wir befinden uns auf einem Bärenpfad, der tief in das weiche Moos eingetreten ist. Es ist eigenartig, aber es hat den Anschein, als würden die Bären immer in die gleichen Fußabdrücke treten. Rechts und links von uns ist der Wald undurchdringlich. Hohe Farne, Beerensträucher und bemooste Bäume machen es unmöglich, weiter als wenige Meter sehen zu können. Nur langsam kommen wir voran. Immer wieder schlagen mir Äste ins Gesicht. Mit lautem Schwätzen und Rufen versuchen wir, uns bemerkbar zu machen. Wir wollen auf keinen Fall einen Bären überraschen.

Die Wanderung ist trotz aller Widrigkeiten beeindruckend und ab und zu bleiben wir stehen, um die Schönheiten dieses Waldes zu genießen. Ich erinnere mich an "Grimm's Märchen" und stelle mir vor, dass das Hexenhäuschen aus "Hänsel und Gretel" plötzlich vor mir auftauchen könnte. Aber kein Häuschen und kein Bär sind zu sehen.

Endlich erreichen wir eine kleine Lichtung. Am Rande der Lichtung ist ein Hochstand zu sehen, der einen recht alten, verkommen und wackligen Eindruck macht. Tom lässt uns wissen, dass dies das Ziel unserer Reise ist. Ich bin sehr skeptisch, als ich mir die Leiter ansehe, die nach oben führt. Aber es hilft nichts: ich muss hinauf. Und es klappt. Ohne dass eine der morschen Sprossen bricht, erreiche ich die kleine Plattform. Gerd und Tom schaffen es ebenfalls ohne Zwischenfälle. Ich denke, dass wir uns fünf bis sechs Meter über dem Boden befinden. Wir haben nun einen recht guten Rundblick. Besonders interessant ist natürlich ein Flussbett, das von unserer luftigen Höhe gut einzusehen ist. Dort sollten jetzt eigentlich einige Bären nach Lachsen fischen – aber auch hier ist nichts zu sehen. Es ist Mittag, der Tag ist für alaskanische Verhältnisse extrem heiß, im Wald war es noch schwül dazu. Von dem zwar kurzen, aber doch anstrengenden Marsch sind wir erschöpft und nutzen die Zeit, um uns ein wenig auszuruhen. Tom behält den Fluss im Auge und verspricht, uns umgehend Bescheid zu sagen, wenn ein Bär in Sicht kommt.

Ein Knacken und Rascheln direkt unter uns lässt mich aufmerksam werden. Durch die Boden-schlitze versuche ich zu erkennen, was sich dort, unterhalb der Plattform bewegt und blicke auf den Rücken eines sehr dunklen Bären. Für einen kur-zen Augenblick kann ich zunächst nicht erkennen, ob es sich um einen Schwarz- oder um einen Braunbären handelt. Als der Bär jedoch weiter an den Fluss zieht, erkenne ich den für Braunbären typischen Nackenhöcker. Der dunkle Riese bewegt sich langsam, seine Hinterbeine scheinen etwas versteift zu sein und die sich durch sein struppiges Fell abzeichnenden Knochen lassen darauf schließen, dass er bisher nur ungenügend gefressen hat. Er ist wahrscheinlich schon recht alt. Vielleicht hat er auch Zahnprobleme – ein bei Wildtieren wirklich ernstes Problem. Wenn durch faule Zähne oder Entzündungen im Kiefernbereich eine Nahrungsaufnahme nur noch bedingt möglich ist, frisst das Tier entsprechend weniger und ist dann für den Winterschlaf nicht genug gerüstet. Das kann sogar soweit führen, dass das Tier den Winterschlaf nicht überlebt.

In Anbetracht unserer Vermutung nennen wir den Bären "Karies".

Tom gibt auf unsere Frage, warum nicht mehr Bären zu sehen sind, zu, dass es die Bären bei sehr heißen Temperaturen gelegentlich vorziehen, um die Mittagszeit im kühleren Wald ein Nickerchen zu halten. "Bestimmt waren in den frühen Morgenstunden die Bären hier und sie werden auch wahrscheinlich am Abend wieder hier am Fluss sein, um ihren Hunger zu stillen".

Nun, das tröstet uns natürlich wenig. Wir schätzen zwar das sonnige Wetter, aber dafür keine Bären zu sehen, ist auch nicht das, was uns gefällt. Ich hätte mir doch ein "Zwischenwetter" gewünscht:

Sonne, aber nicht zu heiß und ab und zu eine Wolke. Das hätte bestimmt auch den Bären gefallen. Aber man hat mich beim Wettermachen einfach nicht gefragt!

Unsere ganze Aufmerksamkeit gehört jetzt also "Karies". Er steht nun mitten in dem flachen Flüsschen und versucht, mit erstaunlich schnellen Tatzenschlägen einen Lachs zu erwischen. Nach vielen Versuchen hat er Glück und ein fetter Brocken zappelt in seinen großen Pranken. Mühsam muss er nun das gute Stück fressen, was ihm wirklich Probleme zu machen scheint. Ich habe noch nie einen Bären beobachtet, der so lange an einem Lachs gefressen hat. Aber dann hat er es endlich geschafft, ein paar kleine Reste lässt er noch für die Möwen liegen, dann zieht er langsam weiter flussaufwärts. Solange wir ihn mit den Blicken verfolgen können, hat er keinen Fangerfolg mehr – dieser Tag wird für ihn wohl eher hungrig enden.

Auch wir sind mittlerweile hungrig geworden und klettern von unserem Hochsitz herunter. Jetzt nehmen wir den Bärenpfad am Fluss entlang. Hier ist es nicht so schwül wie im Wald und eine leichte erfrischende Brise macht das Laufen deutlich leichter. Mitten in einem Arrangement von kleinen Kies- und Sandbänken, die von Ebbe freigelegt wurden, finden wir zwar einige große Fußabdrücke von Bären, einen pelzigen Freund bekommen wir aber nicht mehr zu sehen.

An unserem Anlegeplatz angelangt, überprüfen wir sofort, ob Boot und Plastikboxen noch da sind. Ja, alles ist noch vorhanden! Also freuen wir uns auf eine herzhafte Mahlzeit. Tom läßt die Boxen herunter, Gerd und ich suchen nach einem alten Baumstamm, den wir uns zurechtrücken, so dass wir alle darauf Platz haben. Dann können wir genüsslich schlemmen: leckeren geräucherten Lachs, Bagels und Frischkäse. Ein typisches amerikanisches Picknick. Ungestört beenden wir unser Mahl, packen alle Überbleibsel wieder in die luftdichten Boxen und verstauen diese im Boot. Mittlerweile hat die Flut eingesetzt und es wird Zeit, dass wir zu der Stelle rudern, an der uns der Pilot wieder abholen will. Rechtzeitig sind wir an Ort und Stelle und auch der Wasserflieger erscheint pünktlich, um uns abzuholen. Ein heißer Tag geht zu Ende.

Bären im Spätsommer

Im Spätsommer fliegen wir nochmals in das Bärengebiet, das wir bereits im Sommer besucht haben. Wir wollen sehen, ob die Bärenmutter mit ihren drei Jungen noch im Gebiet ist. Und natürlich wollen wir wissen, was auch unsere Bärenfreunde, wie "Lippi", der "Dieb" oder "Fisherman", die ja eigentlich eine Bärin ist, machen.

Nach einem guten, nahrungsreichen Sommer sind die Bären nun rundlicher und man sieht ihnen die Gewichtszunahme deutlich an. Das Fell hat sich zum Ende des Sommers hin ebenfalls verändert: es ist jetzt dichter und dunkler.

Auch die Landschaft ist kaum mehr wieder zu erkennen. Das hohe Sumpfgras hat sich in einen goldgelb bis hellgelb gefärbten Teppich verwandelt, die Tannen wirken dunkelgrün bis schwarz und die Laubbäume haben sich bunte Tücher übergeworfen.

Strahlender Sonnenschein und warme Luft begrüßen uns, als wir unseren Wasserflieger verlassen. Vom Flugzeug aus haben wir keinen Bären sichten können und auch jetzt ist weit und breit kein Bär zu sehen. Zunächst melden wir uns wieder bei dem Rangerhauptquartier an und freuen uns, Bill wieder zu treffen. Von ihm erfahren wir, dass viele

Bärenmütter im Gelände sind und auch noch einige Einzelgänger das Flussufer nach Fressbarem absuchen. Allerdings sind die alten, erfahrenen Braunbären bereits mit den Lachsströmen flussaufwärts gezogen. Wir sind also gespannt, was sich uns rund um den See und Fluss bietet. Nachdem wir unsere Hütte bezogen haben und die Kameras "schussbereit" sind, gehen wir unverzüglich zur Flussmündung. Dort hat Bill am frühen Morgen bereits zwei Bärenmütter mit Jungen entdeckt.

Und richtig, kaum angekommen, entdecken wir "unsere" Bärenmutter. Sie ist dick und fett geworden, ihr Fell hat sich deutlich dunkler verfärbt und auch ihre drei kleinen Rabauken haben sich gut entwickelt. Sie kommen gerade aus dem Fluss, wo sie wohl noch einige Fische oder auch Fischreste gefunden haben. Ganz gemächlich gehen sie im "Gänsemarsch" an uns vorbei und verschwinden im hohen Gras. Ab und zu sieht man, wie sich die Bärenmutter auf die Hinterfüße stellt, um die Gegend nach anderen Bären abzusuchen – die Kleinen machen es ihr nach, von ihnen sieht man allerdings nur die Ohren durch das hohe Gras ragen.

Herbstbaby

Einige Elstern streiten sich lautschreiend um ein Lachsstück, das am Ufer liegengeblieben ist. Von weitem ertönen Schreie von Raben und Möwen und hoch in einer Tanne sitzt ein Weißkopfseeadler, der das Geschehen im Gebiet wachsam beobachtet.

Wir genießen die Ruhe für eine kurze Zeit und beschließen dann, an die Wasserfälle zu wandern. Zwar ist es nicht sehr wahrscheinlich, dort Bären anzutreffen, aber ganz unmöglich ist es auch nicht, wir wollen es genau wissen. Der Weg durch den Wald verläuft ohne Zwischenfälle, auch hier kündigt sich der Herbst mit seiner Stille und Beschaulichkeit an. Das Moos scheint noch dicker geworden zu sein und ich kann nicht umhin, mich rücklings auf eine kleine Moosinsel fallen zu lassen! Wow! Ich habe das Gefühl, zentimetertief in dem weichen Moos einzusinken. Die Bären sind zu beneiden, wenn sie auf einem solchen Untergrund ein Nickerchen halten.

Wir ziehen weiter durch den Wald und erreichen bald die Wasserfälle. Wieder ist weit und breit kein Bär zu sehen, oder doch? Auf der gegenüberliegenden Flussseite entdecken wir einen großen, dunkelbraunen Braunbären, der kaum von den ebenfalls sehr dunkeln Felsen zu unterscheiden ist. Lediglich durch sein markantes, typisches Profil erkennen wir ihn. Der ausgeprägte Schulterhöcker und der gedrungene Kopf sowie die verhältnismäßig kurzen Beine lassen vermuten, dass es sich um einen älteren Gesellen handelt. Er steht ohne jede Bewegung in der brodelnden Gischt und stiert unablässig ins Wasser. Plötzlich stürzt er, mit einer Schnelligkeit, die wir ihm nicht mehr zugetraut hätten, nach vorn und eine Sekunde später schnellt sein Kopf mit einem silbrigen Fisch im Maul wieder nach oben. Glückwunsch! Langsam trottet er mit seinem Fang in unsere Richtung, um in der Flussmitte auf einer kleinen Insel sein Mahl zu genießen. Er legt sich bedächtig in den Sand, das Hinterteil noch im Wasser, und beginnt mit dem Verzehr. Deutlich erkennen wir jetzt, dass mit seinem Maul etwas nicht in Ordnung ist, sein Unterkiefer hängt auf der einen Seite etwas schräg nach unten und ein Zahn baumelt während des Kauens aus seinem Maul. Wir erkennen in diesem Bären unseren Freund "Lippi", der wohl den Anschluss an die abgewanderten Bären verpasst hat und hier in aller Ruhe und ungestört seinem einsamen Lachsfang nachgeht. Wahrscheinlich ist er auf Grund seines angeknacksten Unterkiefers an tätlichen Auseinandersetzungen und Raufereien mit anderen Bärenmännern auch nicht mehr sehr interessiert. Hier macht ihm niemand seinen Leckerbissen streitig und vielleicht schafft er es, sich noch so viel Fett anzufressen, dass er den nächsten Winter gut übersteht.

Wir wandern zurück zur Flussmündung in der Hoffnung, die Bärenmutter mit ihren drei Jungen wieder zu sehen. Schon von weitem können wir das Knurren der Kleinen hören: jetzt heißt es aufgepasst. Dann sehen wir einen kleinen Bären, der einen toten Frosch gefunden hat. Er nimmt ihn ins Maul, hebt ihn hoch und wirbelt ihn durch die Luft.

Dieses Spiel scheint ihm offensichtlich viel Freude zu bereiten. Als aber seine Geschwister den Frosch ebenfalls haben möchten, gibt es natürlich die übliche Rauferei um die kleine Beute. Ob so etwas auch zum Fressen gut ist? Da muss natürlich zuerst die Bärenmama gefragt werden, die den kleinen Kadaver auch gleich anknabbert. Aber es scheint ihr nicht zu schmecken und sie überlässt das Fröschlein ihrem Nachwuchs zum Spiel.

Um in der rauhen Wildnis Nordamerikas überleben zu können, braucht ein Bär viel Wissen. Er kann sich nicht allein auf seinen Instinkt verlassen. Was für sein Überleben notwendig ist, lernt der kleine Bär während der ersten drei Jahre seines Lebens von der Bärenmutter. Am wichtigsten ist die Auswahl im Nahrungsangebot, z. B. wann kann was gefressen werden. Die meisten Küstenbären leben in den Sommermonaten zwar vom Fischfang, aber auch Vegetarisches, wie Gras, Wurzeln, Beeren und Eicheln stehen auf ihrem Speisezettel. Das Angebot kann von Jahr zu Jahr auch unterschiedlich groß sein. So muss ein Bär wissen, wo er unter Umständen noch Fressbares findet, wenn in seinem Lebensraum zu wenig Nahrung vorhanden ist. Dies alles lernen die kleinen Bären von ihrer Mutter durch Nachahmen.

So hat auch diese Bärenmutter ihren Jungen gezeigt, dass der tote Frosch nicht zu den Leckerbissen zählt und die Kleinen begnügen sich damit, eifrig an ihm zu zerren, zu reißen und um ihn zu raufen.

Bärin beim Säugen

Auf der gegenüberliegenden Flussseite tritt eine uns bisher nicht bekannte Bärin aus dem hohen Gras, gefolgt von ihren drei Jungen. Sie legt sich in eine kleine Grasmulde direkt am Ufer auf den

Rücken und beginnt die Kleinen zu säugen. Ich kann mir kaum ein friedliches Bild vorstellen - wir genießen die absolute Ruhe und Beschaulichkeit.

Am nächsten Morgen ist es deutlich kühler geworden. Der Sommer wird sich bald verabschieden. Früh stehen wir auf, um ein letztes Mal an die Flussmündung zu gehen. Wir wollen unseren Bären "Leb' wohl" sagen und ihnen einen guten Winter wünschen.

Es war ein gutes Bärenjahr, für die Bären und auch für uns.

Für die Bären war reichlich Nahrung vorhanden, Lachs im Überfluss, reichlich Beeren und sonstiges Grünzeug.

Und für uns: reichlich Bären, gutes Wetter - von einigen Regentagen abgesehen, die aber in Alaska dazugehören - und interessante Beobachtungen, viele volle Filmrollen und einige Bänder mit Filmaufnahmen.

Wir freuen uns schon heute auf unseren nächsten Sommer im Bärenland!

Alaska – "The Great Land"

"Das große Land", das Land der Superlativen! Alaska wurde im Jahre 1959 als 49. Staat in die Vereinigten Staaten von Amerika aufgenommen; zuvor war es US-Territorium. Bis 1867 gehörte Alaska zu Russland. Es wurde für 7,2 Millionen Dollar von Russland an Amerika verkauft.

Noch während der russischen Herrschaft boomte in diesem riesigen Land der Pelztierhandel. 1872 wurde erstmals in der Nähe der heutigen Stadt Sitka Gold gefunden. Diese schier unerschöpflichen Goldvorkommen lockten im Sommer 1897 Tausende von Goldsuchern und Abenteurer aus aller Welt nach Alaksa. Weitere tausend Glücksritter folgten ihnen und versuchten über den Chilkoot Trail (ein alter Ureinwohnerpfad) und die Berge (White Pass) zum Klondike River zu kommen. Der harsche Winter kam allerdings für die meisten zu früh; nur jeder Vierte Goldsucher erreichte sein Ziel, viele gaben unterwegs den beschwerlichen Weg auf - beziehungsweise mussten die hohen Strapazen mit dem Leben bezahlen. Später wurde auch im Landesinneren Alaskas Gold abgebaut. Selbst heute gibt es noch Goldminen in Alaska, in denen professionell abgebaut wird. Es gehört zu einer Reise nach Alaska dazu, selbst einmal nach Gold zu „diggen" bzw. mit der Pfanne im Fluss zu stehen und Gold zu waschen.

Seit 1968 wird aus einer Tiefe von 2700 m in Prudhoe Bay am Nordpolarmeer Erdöl gefördert. Täglich werden ca. 238 Millionen Liter über eine 1280 km lange Pipeline in den eisfreien Hafen von Valdez im Pince William Sound gepumpt.

Alaska ist der größte amerikanische Bundesstaat, ca. 5 Mal so groß wie Deutschland, mit einer Einwohnerzahl von gerade einmal ca. 600000 Menschen. Ungefähr die Hälfte davon, nämlich ca. 260000, leben in der größten Stadt, Anchorage. Die Hauptstadt von Alaska ist Juneau, Straßen zu dieser am Golf von Alaska liegenden, ca. 20000 Einwohner zählende Stadt gibt es nicht. Überhaupt gibt es Alaska nur wenig asphaltierte Straßen, es gibt auch nur eine relativ kurze Bahnlinie. Die wichtigsten Transportmittel sind Flugzeuge, Wasserflugzeuge und im Winter Schlittenhunde bzw. Schneemobile.

Die Ureinwohner, die Eskimos, Athabaskans, Yupiks, Aleuts, Tlingit, Haida und andere Stämme leben auch heute noch über das gesamte Land verstreut. Im "Alaska Native Heritage Center", nahe der Stadt Anchorage, kann man sich um den "Lake Tiulana" herum über die auch heute noch existierenden verschiedenen Kulturen und Lebensweisen informieren.

Am frühen Abend des Karfreitags im Jahre 1964 wurde Alaska sechs Minuten lang von einem Erdbeben erschüttert, das mit 9,2 auf der Richterskala zu den schwersten zählte, die je in Nordamerika gemessen wurden. Anchorage wurde total verwüstet; Teile der Stadt sackten bis zu sechs Meter ab, die Straßendecken waren bis zu vier Meter eingebrochen. Fast alle Küstenorte im Süden Zentralalaskas wurden von einer meterhohen Flutwelle überrollt. Das Epizentrum des "Karfreitagbebens" befand sich 60 km westlich von Valdez am Pince William Sound. Valdez, damals ein Städtchen mit ca. 1000 Einwohnern, wurde von der auf die Stadt in hoher Geschwindigkeit zurasenden Flutwelle ("Tsunami") regelrecht zertrümmert. Die Überbleibsel wurden mit einem gewaltigen Sog ins offene Meer gespült. Auch die Insel Kodiak mit der gleichnamigen Hafenstadt wurde stark in Mitleidenschaft gezogen. Von der damaligen Fischfangflotte von 180 Booten blieben weniger als die Hälfte übrig und einige der schweren Holzboote wurden von der meterhohen Flutwelle weit ins Land geschleudert. Heute kann man noch immer die unvorstellbaren Ausmaße des Bebens erahnen, wenn man am Turnagain-Arm (Meeresarm) entlangfährt und die weißen, skelettartigen und abgestorbenen Bäume aus dem Sumpfwiesen ragen sieht. Auch hier wurden seinerzeit viele Landstriche vom Beben angehoben bzw. abgesenkt, wodurch den Wäldern das Grundwasser entzogen und die Bäume vom Salzwasser zerstört wurden.

Es gibt über drei Millionen Seen, über 50000 km Küste, unendliche Wälder, riesige Gebirgsketten, darunter auch der höchste Berg Nordamerikas, der "Mount McKinley" mit über 6194 m Höhe. Es gibt weiterhin mehr Gletscher als in der ganzen übrigen Welt zusammen und 70 zur Zeit "schlafende" Vulkane. Der längste Fluss ist mit 3093 km der Yukon-River, der in Kanada südöstlich von Whitehorse aus dem "Lake Tagish" abfließt; 2240 Flusskilometer des Yukon-Rivers liegen auf dem Territorium Alaskas.

Im "Matanuska Valley", einem fruchtbaren Tal nördlich von Anchorage, werden die größten Kohlköpfe Amerikas gezüchtet. Es findet sogar jährlich ein Wettbewerb statt, bei dem der größte Kohlkopf prämiert wird! In dem kurzen Alaska-Sommer gibt fast 22 Stunden täglich Sonnenlicht – das bedeutet, dass die Vegetation schier explodiert. Auch die angenehmen Temperaturen von bis zu 25°C tragen ihren Teil dazu bei. Nirgendwo habe ich größere und kräftigere Blumen und Feldfrüchte gesehen, als in Alaska. Alaska ist jenseits alles Durchschnittlichen. Alles, wirklich alles, ist in Alaska größer als irgendwo auf der Welt!

Eine Vielzahl von Wildtieren teilen sich dieses Land: Füchse, Wölfe, Bisons, Kojoten, Vielfraße, Caribus, Elche, Braunbären, Schwarzbären, Eisbären und ....21 verschiedene Arten Moskitos!

Alaska, dieses unermessliche, wilde und abenteuerliche Land zieht immer wieder Besucher aus aller Welt in seinen Bann. Aussteiger, Abenteuerlustige und Naturbegeisterte sind angezogen von den Schönheiten der Seen, Gletschern, Bergen, Steppen und Wäldern. Die unendlichen Weiten Alaskas rücken die Zivilisation in ein anderes Licht.

Alaska hat auch für uns eine unwiderstehliche Anziehungskraft. Es lässt die Menschen klein erscheinen, manches aus unserer zivilisierten Welt wird absurd und unnötig. Wie uns werden jedem Besucher einzigartige Erlebnisse, tiefe Gefühle und Erfahrungen unvergesslich bleiben.

Zu den Fotografien

Sämtliche Fotografien sind von Gerhard W. Hay. Er fotografiert in Nordamerika vorzugsweise Braun-, Schwarz- und Eisbären. Interessierte Bärenfreunde können ihn in kleinen Gruppen auf seinen Fotoreisen in die Bärengebiete von Alaska (Braunbären) und Kanada (Eisbären) begleiten.

Viele Fotografien, sowie sein Bären-Kalender, der bereits seit 1999 handsigniert und in einer limitieren Auflage von 400 Stück pro Jahr herausgegeben wird, können auf seiner Homepage – www.hay-baeren.de - angesehen werden. Faszinierende Naturfilme sind in all den Jahren entstanden, der letzte Film "The best of ...... Die Bären Nordamerikas" ist eine Zusammenfassung der Highlights aus jahrelanger Filmarbeit.